이제 세상 밖으로 나가기로 했다

아픈 마음을 다독이는 동화테라피

이제 세상 밖으로 나가기로 했다

글·그림 하정희

　행복한 할머니라 불리는 할머니가 있었습니다.

　신기하게도, 할머니는 힘들고 슬픈 사람들의 마음에서 불행보따리를 꺼내주는 일을 합니다. 평생 남들의 슬픔과 불행을 보고 살았던 할머니인데, 행복한 할머니라 불립니다. 수많은 사람들이 할머니로 인해 마음의 평안과 행복을 찾았기 때문입니다. 사실은 행복한 할머니가 아니라, '행복하게 만들어주는 할머니'라는 표현이 더 정확할지도 모릅니다. 하지만 할머니는 자신을 무엇이라 부르던 관심이 없습니다. 남들이 지금보다 행복해지면 그게 할머니의 행복이니까요.

　할머니에 대한 수많은 소문이 있었습니다.

　남들에게 행복을 주는 것처럼 하지만, 사실은 마녀라는 소문, 젊었을 때 무슨 약을 먹고 난 후 갑자기 남들의 아픔을 기가 막히게 해결해주는 능력이 생겼다는 소문, 남들의 아픔을 해결해주지 않으면 할머니가 아프기 때문에 어쩔 수 없는 하늘의 뜻으로 받아들인다는 소문, 밥 먹는 걸 거의 못 봤는데 인간이 아닐지 모른다는 소문 등등.

　어쨌거나 할머니를 만난 사람들에 따르면, 할머니에게는 마음이 힘든 사람들을 척 알아보고서 신비한 마법의 처방을 해주는 능력이 있는 건 분명했습니다. 정말 말수가 없는 무뚝뚝한 사장님이건, 우울감이 심하여 방안에서 한 달간 나오지 않던 청년이건, 집에서 가출하고 오토바이를 훔치다가 발견된 청소년이건 간에 신기하게도 할머니를 만나면 누구나 마음을 열고 갑자기 자기 이야기를 쏟아내며 고민을 해결합니다.

　행복한 할머니를 만나려는 사람이 매일 매일 뭉게구름만큼 몰려듭니다. 하지만, 행복한 할머니는 원칙이 있어요.
　첫째, 할머니는 하루에 한 사람만 행복하게 만들어준다는 것. 둘째, 고민을 해결해주고 행복하게 만들어주는 사람은 할머니가 직접

고른다는 것. 셋째, 열네 명의 사람에게 행복감을 준 후, 며칠은 아주 즐겁게 쉬어야 한다는 것이었습니다.

이런 원칙이 있는 이유를 물어도, 할머니는 이유는 하나도 중요하지 않다면서 장난기 가득한 웃음을 지으며 녹차를 마십니다.

결국, 할머니를 보려고 사람들이 구름 떼처럼 몰려들어도, 모두가 할머니를 만날 수는 없네요.

친구와 녹차 밭에 가서 힐링하고 방금 돌아온 행복한 할머니.

기쁜 마음으로 여행 후 첫 번째 사람을 만나러 가고 있습니다. 모여든 구름떼를 멀리하고, 할머니가 찾아간 사람은 누구일까요?

첫 번째 사람

"너무
애쓰지 않아도 괜찮아"

너무 애쓰지 않아도 괜찮아

할머니는 오늘 40대 남성인 곽 부장을 만납니다. 곽 부장은 공기업 회사원으로, 동기들보다 승진이 빠르고 늘 많은 성과를 내는 사람이라는 내용으로 자기 이야기를 풀어내기 시작합니다. 곽 부장은 지나칠 정도로 당당해 보이는 자세와 다부진 체격을 지녔고, 말투까지 아주 호탕했습니다. '이런 당찬 사람이 어떤 내용으로 상담을 받고 싶은 걸까?' 할머니는 곽 부장 이야기를 더욱더 집중해서 듣습니다.

만일 곽 부장이 회사에서 2개월짜리 프로젝트를 맡으면, 그 업무를 완벽하게 수행하기 위해 40일은 주말도 없이 야근한다는 것입니다. 그렇게 마무리되는 사업은 늘 성공적이었고, 윗사람들은 늘 곽 부장을 인정해주었습니다. 자신은 윗사람이 10을 요구하면 100

을 해서 가는 스타일이었다나요? 가끔 질투하는 동기나 후배들의 얼굴이 보이기도 하지만, 상사들에게 받는 인정으로 웬만한 것은 극복되었습니다. 열심히 일할 때, 인정받는 것 외에 또 어떤 감정들이 드는지 할머니가 곽 부장에게 물었습니다. 곽 부장은 인정받지 않는 자기 자신은 상상도 할 수 없고, 자신은 자기 존재감을 윗사람들과 회사 사람들에게 확인시키는 것이 가장 중요한 목표였다고 말합니다. 인정을 받고 난 후에 그제야 자신도 성취감이나 기쁨을 느꼈었다고 이야기합니다.

이런 곽 부장이 최근에 엄청난 스트레스를 경험했습니다. 난생 처음으로 곽 부장의 노력과 성과가 통하지 않는 상사를 만난 것입니다. 최선을 다해 업무를 수행해도 그 상사는 말이나 행동으로 곽 부장의 성과를 크게 치하하지 않았습니다. 곽 부장의 성과는 팀에서 내야 할 당연한 업무 성과 정도로 여겼고, 오히려 곽 부장에게 '주말에 직장에 나오는 것은 부하직원들을 힘들게 하는 것이다', '팀원들은 곽 부장 스타일을 너무 힘들어하진 않느냐?' 등등 곽 부장의 업무 스타일을 지적했습니다. 그 상사와 6개월을 지내는 동안 처음엔 그 상사를 어떻게 해서든 무너뜨리겠노라며 더 열심히 일하고 더 큰 성과를 도출하려 애썼습니다. 그러나 시간이 갈수록 점차 무력감을 느낄 뿐이었습니다. 그러던 어느 날, 곽 부장은 문득 '내가 지금 뭘 하고 있는 거지?' 라는 생각과 함께 '자신이 타인의 인정에 목숨을 걸고 있었구나'라는 생각이 들었습니다. 곽 부장은 그 순간 자기 스스로가 그렇게 초라하고 한심해 보일 수가 없었습니다. 이제 곽 부장은 그저 스스로가 즐거워서, 누가 인정해주지 않아도 행복감을 느끼면서 일을 하고 싶다고 할머니께 말합니다.

할머니는 그동안 곽 부장이 직장에서 그토록 열심히 일해 온 것에 대해 격려하고 지지해주었습니다. 곽 부장의 삶에서 남들의 인정이 자기 스스로의 인정보다 중요한 잣대가 된 것은 안타깝지만, 곽 부장이 그 누구보다도 자신의 인생에 최선을 다했다는 것은 그의 주변 사람이라면 누구든 인정할 수 있는 사실이니깐요.

할머니는 곽 부장의 어린 시절 이야기를 잠시 듣습니다. 곽 부장이 기억하는 어머니는 늘 힘이 없거나 몸이 아파 누워있는 모습이었고, 아버지는 가난했던 가정형편에 엄마 약값까지 마련하느라 일용직으로 하루하루 바쁘게 일했습니다. 어머니나 아버지 모두 3형제에게 관심을 쏟아줄 형편은 아니었다고 기억합니다. 그런 부모님을 세상에서 가장 기쁘게 활짝 웃게 할 수 있었던 것은 공부에 전혀 관심도 없던 다른 형제들과는 달리 막내였던 어린 곽 부장이 학교에서 1등을 해서 돌아오는 것이었지요. 그날 하루는 아픈 어머니도 아픈 것 같지 않아 보였고, 어느 날 아버지가 함께 일하는 사람들에게 보여준다며 곽 부장이 받아온 성적표를 들고서 일하러 나간 적도 있다는 이야기를 하면서 곽 부장은 울컥합니다. 정확히 언제부터였는지 기억할 수는 없지만, 그런 식으로 곽 부장은 부모님이 자신을 인정해줄 때 정말 큰 기쁨을 느꼈습니다. 곽 부장이 그 당시 부모님을 위해 유일하게 할 수 있었던 것은 열심히 최선을 다해 공부하는 것밖에 없었다고 이야기합니다.

"곽 부장이 공부를 못했다면 어땠을까요?"

할머니가 물었습니다.

"제가 공부를 못했다면…. 저 자신에게 너무 화가 났을 것 같습니다. 상상하기도 싫은 장면이고, 부모님이 저로 인해 실망하실 모습을 떠올리는 것만으로도 불안하고 죄책감이 듭니다."

곽 부장은 열심히 최선을 다해 살면서 부모님을 기쁘게 해드렸고, 어느 순간 곽 부장이 열심히 최선을 다해온 목적이 자신이 아닌 타인이 된 것입니다. 늘 아프셨던 곽 부장의 어머님은 곽 부장 고등학교 때 돌아가셨고, 아버지도 10년 전에 돌아가셨습니다. 부모님은 안 계시지만, 여전히 곽 부장은 자기 자신이 아닌 타인의 인정을 위해 애쓰고 있었던 것입니다.

할머니는 따뜻한 시선으로 곽 부장을 바라보며 이야기를 경청하였습니다. 그리고 곽 부장의 마음을 함께 느껴봅니다. 잠시 후 할머니는 곽 부장에게 마법의 안경을 하나 꺼내어 건네주면서 안경을 쓴 후 30초만 눈을 감았다가 떠 달라 부탁합니다. 할머니가 준 안경을 쓴 곽 부장이 조심스레 눈을 뜬 순간, 놀라운 일이 벌어졌습니다. 방금까지 앞에 앉아있었던 할머니가 안 보이고 그 자리에는 돌아가신 어머니가 정정한 모습으로 앉아있는 것이었습니다. 어머니는 전혀 아파 보이지 않는 모습으로 따뜻한 눈빛으로 곽 부장을 바라보며 아들의 손을 잡습니다. 곽 부장의 놀란 마음은 이내 기쁨과 반가움으로 바뀌면서 주룩주룩 눈물이 흘러내립니다.

곽 부장의 어머니는 아들 옆으로 다가가서, 손수건으로 곽 부장의 눈물을 닦아줍니다. 곽 부장은 어머니께 자신의 어린 아들과 부인, 회사에서 있었던 일 등을 이야기하느라 시간 가는 줄도 모릅니다. 이제 어머니가 돌아갈 시간이 되었다고 말합니다. 어머니는 아들에게 어머니와 남편은 막내아들 때문에 살면서 참 많이 웃었고 행복했었다고, 곽 부장은 무척 착하고 고마웠던 아들이었다고 이야기합니다. 곽 부장이 어머니에게 묻습니다.

"엄마, 내가 꼴찌 하는 못난 아들이 아녀서 참 다행이었죠?"

어머니는 대답합니다.

"물론 공부 잘하는 우리 아들이 좋았지. 우리가 가난하고 부족한 못난 부모여서… 네가 공부를 잘하면 우리처럼 살지 않을 수 있어서… 네가 좀 더 행복할 수 있을 것 같아서 더 기뻐했던 거란다.

미안하구나. 지금 생각해보면…. 네가 형들처럼 공부 좀 못하고 잘나지 않았다 해도…. 그랬다 하더라도 아들아, 넌 그 자체로 충분히 좋은 아들이었더구나. 그러니 너무 애쓰며 살지 않아도 돼."

다시 눈을 감고 안경을 벗으니, 할머니가 그 자리에서 다시 곽 부장을 바라보고 있습니다. 머리를 크게 한 대 맞은 것 같았습니다. '넌 그 자체로 괜찮아'라는 어머니의 말이 곽 부장을 오열하게 합니다. 할머니는 말없이 토닥여줍니다.

어머니가 해준 말이 곽 부장에게 아직은 낯설지 모릅니다. 그래도 곽 부장이 '내 모습 자체로 괜찮아'란 말을 떠올리며 산다면, 타인의 인정에 연연하지 않고, 너무 애쓰며 살지 않아도 될 것 같습니다.

"너무 애쓰지 않아도…. 내 모습 그대로 괜찮아."

내적동기와 외적동기

  동기(Motivation)란 목표를 향해 행동할 수 있도록 해주는 에너지를 뜻합니다. 이에 데시와 라이언(Deci & Ryan, 1971)은 인간의 동기를 크게 '외재적 동기'와 '내재적 동기'로 구분하여 설명하였는데, 외재적 동기는 과업 달성에 따른 외부의 보상이나 지시 때문에 행동하는 것이고, 내재적 동기는 타인의 보상이 없이도 자신의 흥미나 호기심, 만족감을 위해 행동하

는 것을 말합니다.

　부모님을 기쁘게 해드리고 남들에게 인정을 받기 위해 열심히 일했던 곽 부장은 내적 동기보다는 외적 동기로 움직여 왔던 것이지요. 곽 부장이 열심히 일했던 초점은 스스로가 아닌 타인이었고, 상사에게 비난받지 않고 인정받고자 지나치게 애쓰며 지내왔던 것입니다. 곽 부장의 만족감과 불만족감, 행복감과 불행감이 자신의 잣대가 아닌 윗사람들의 인정 여부에 달려있으니, 비난과 실패에 대한 두려움으로 인해 얼마나 큰 불안감과 죄책감을 느꼈을까요.

　사회적 시선으로 볼 때 곽 부장은 효자였고 게다가 줄곧 많은 성취를 한 사람이기에 흠잡을 데가 없어 보일 수도 있겠지요. 그러나 보이는 것보다 더 중요한 것은 보이지 않는 그 사람의 내적 만족감과 행복감이랍니다. 그간 눌러온 자신의 감정들을 살피고, 성취에 가려져 좀처럼 돌보지 않던 인간관계도 돌아보면서 자신을 발견하고 자신의 만족감을 늘려나간다면 곽 부장은 이전보다 훨씬 더 큰 행복감을 느낄 것입니다.

두 번째 사람

"내
자존감부터 돌보기로 했다"

내 자존감부터 돌보기로 했다

할머니가 오늘 만나는 사람은 취업을 준비하고 있는 20대 후반 남성 박 씨입니다. 박 씨는 부모님의 오랜 불화에 지쳐서 수시로 자살 충동을 느낄 정도로 현재 힘든 상태입니다. 어릴 때부터 아버지는 외도를 습관적으로 일삼았고, 어머니는 그런 아버지와 말을 섞지 않았으며 일주일에 한 번씩은 폭력이 오가는 부부싸움이 있었습니다. 어머니는 어릴 때부터 큰아들인 박 씨를 붙잡고 아버지에 대한 하소연을 해왔습니다. 어느새 박 씨는 이 가정에서 가장 중요한 존재가 되었다고 말합니다. 부모님은 단둘이서 이야기를 하지 않고 늘 박 씨를 사이에 두고 이야기를 하였고 그 사이에서 박 씨는 때로는 부모님 사이를 중재했다가, 때로는 부모님에게 화도 내는 등 점차 애어른으로 성장하였습니다.

할머니는 박 씨가 과도한 가정에서의 책임감에 압도되어, 아무것도 할 수 없는 속이 빈 사람처럼 보였습니다. 일주일 전에도 박 씨의 어머니는 아버지와 이혼하겠다며 난리를 친 상태입니다. 박 씨는 현재 자기 자신을 위해 사는 것이 어떤 것인지 떠올릴 수조차 없습니다.

할머니는 너무도 오랜 시간 동안 '부모라는 열악한 환경' 때문에 힘들게 살아온 박 씨에게 안쓰러움을 느낍니다. 박 씨는 자신이 노력하고 또 노력해도 바뀌지 않는 부모로 인해 죽고 싶을 만큼 깊디깊은 무력감에 빠진 것입니다.

할머니는 한참을 생각하다가, 박 씨의 손을 잡고 눈을 크게 세 번 깜빡였습니다. 그 순간 박 씨는 할머니와 함께 자신의 어린 시절에 도착해있었습니다. 박 씨는 바로 앞에 큰소리치며 싸우고 있는 아버지, 어머니, 그리고 그사이를 중재하고 있는 어린 박 씨가 보였습니다. 할머니는 묻습니다.

"지금 저 어린 박 씨를 어떻게 해주고 싶나요?"

"아이에게 다가가서, '네가 그렇게 떨면서 아무리 열심히 노력해도, 저 부모님들은 달라지지 않는단다. 애야, 이제 그만 하렴'이라고 말해주고 싶어요."

박 씨는 대답합니다. 이에 할머니는 말합니다.

"그럼 지금 어린 박 씨에게 다가가서 그 이야기를 해주세요."

박 씨는 어린 박 씨에게 다가가서 맘속의 이야기를 해주었습니다. 그리고 어린 박 씨를 품 안에 안은 채로 한참을 웁니다. 지금까지 누구도 박 씨에게 따뜻한 위로를 건네거나 안아준 사람은 아무도 없었습니다. 할머니도 옆에서 눈물을 닦아냅니다.

박 씨는 할머니와 다시 현재로 돌아왔습니다. 부모님은 아무것도 달라지지 않았습니다. 하지만 박 씨는 자신을 안아주고 달래준 후 마음이 한결 가벼워졌습니다.

박 씨는 부모님의 불화 때문에 죽고 싶은 생각이 수시로 들었던 자신에 대해 너무 애처롭고 안쓰러운 마음이 들었습니다. 그래서 자기 자신을 더 아껴주고 싶다는 생각이 들었습니다.

이제부터 박 씨는 부모님의 영향에 덜 흔들려보겠다고 말합니다. 그리고 조금씩 자기 진로, 자기 삶을 찾아가겠다고 할머니께 다짐합니다.

부모화 된 자녀에 대해

어린 시절 평범한 부모와 자녀의 관계라면, 부모는 자녀를 정서적·신체적으로 보살피고 자녀는 안정된 환경에서 부모의 보살핌을 받게 됩니다. 그러나, 간혹 부모가 무기력하거나 의존적인 경우, 부모가 자녀를 돌보는 것이 아니라 자녀가 부모를 돌보거나 지원하는 식으로 자녀가 부모의 역할을 대신 떠맡는 경우가 있습니다. 심리학에서는 이렇듯 부모와 자녀의 역할이 뒤바뀌는 경우를 일컬어 '부모화(Parentification)'라고 부릅니다 (Jurkovic, Thirkield, & Morrell, 2001). 많은 심리학자는 부모와 자녀의 역할이 뒤바뀔 경우 어린 자녀가 자신의 욕구를 희생하고 헌신하기 때문에 그 자녀는 성인이 되어 여러 가지 심리적 어려움을 경험할 수 있다고 설명합니다.

불안정한 부모님의 관계로 인해 박 씨는 어린 시절부터 지금까지 얼마나 마음고생을 많이 했을까요? 어린 시절의 박 씨가 아무리 노력하고 또 노력했다 해도 부모님을 위해 할 수 있던 것들은 많지 않았을 것입니다. 그러나 부모화된 박 씨로서는 어른스럽게 문제를 해결하지 못하는 자기 자신을 자책하고 속상해하면서 불쌍한 엄마를 보호하려 노력해왔던 것입니다. 어린 시절 박 씨의 내면은 자신의 선택과 상관없이 어린아이가 아닌 어른이어야 했습니다. 부모를 돌보아야만 부모의 관심과 인정을 받을 수 있었고 이런 행동이 가끔은 가족의 평화에 기여하기도 했습니다. 하지만 박 씨는 어린 시절에만 누릴 수 있었던 해맑은 천진난만함을 경험하지 못한 채 마음에서 우러나오는 본인의 욕구를 억압하며 지내야 했답니다.

이제라도 박 씨는 과거의 어린 자신을 보듬고 위로해주어야 할 것입니다. 박 씨가 부모를 위한 삶이 아니라 자기 자신을 위한 삶을 살아도 된다는 것, 그리고 그렇게 살아도 죄책감을 가질 필요가 없다는 것을 받아들여야 하겠습니다. 박 씨가 부모의 목소리가 아닌 자신의 욕구에 귀를 기울일 수 있다면, 가끔은 부모를 실망시키더라도 부모에게서 독립하여 점차 자기 자신을 위한 삶을 살아나갈 수 있겠지요. 박 씨는 이제 자신의 자존감부터 돌보기로 했으니깐요.

세 번째 사람

"성공한 아버지는
때로
자식을 힘들게 한다"

성공한 아버지는 때로 자식을 힘들게 한다

할머니를 만나고 싶어 하는 사람은 늘 줄을 서지만, 할머니의 방문이 달갑지 않은 사람도 있었습니다. 50대 초반 성공한 벤처사업가 유 사장은 할머니가 자신을 만나고 싶어 한다는 말을 전해 듣고 난처해 했습니다. '난 인생에 고민도 없고 털어놓을 만한 이야기도 없는데 나를 만나겠다고?' 또 한편으로 늘 일만 좇아온 유 사장은 이런 식의 사적인 만남이 너무 오랜만이라 마음 한편으로 묘한 기대감도 듭니다.

할머니와 마주 앉은 유 사장은 할머니께 차를 권하며 할머니에게 먼저 말을 꺼냅니다.

"할머니는 행복이 뭐라고 생각하십니까?"

할머니는 그 말을 듣고 웃으며 그 이야기를 유 사장에게 돌려줍니다.

"유 사장님은 행복이 무엇이라고 생각하시는데요?"

"허허. 행복이란 일종의 개인적 가치죠. 자본주의 사회에서 만들어낸 일종의 말장난이기도 하고요. 전 행복의 가치를 주로 장자의 사상을 따르는데요. 도라는 게 시작도 없고 끝도 없고, 모든 것이 선한 것 악한 것 따로 구분된 게 아니잖습니까?"

할머니는 장자 사상에 기초한 행복에 대한 설교를 1시간 동안 말없이 주의 깊게 들었습니다. 듣다 보니 지루한 것만은 아니었고 나름대로 말재주도 있는 것 같았습니다. 할머니는 다 듣고 물었습니다.

"자녀나 부인과는 주로 어떤 이야기를 하시나요?"

유 사장은 말합니다.

"저는 특히 우리 아이들에게 시간 날 때마다 세상에 대해 들려줍니다. 세상 돌아가는 이치, 세계 경제의 흐름, 그리고 때로는 실패하는 사람들의 특성을 분석해서 설명해주기도 해요. 요즘 애들은 무작정 공부는 하면서도 왜 성공을 해야 하는지, 왜 공부를 해야 하는지 모른 채 무조건 달려드는데 그것도 문제라고 생각해요. 저는 분석적 시각에서 모든 것들을 바라보라고 가르치고 그것들을 다 설명해주죠."

할머니는 묻습니다.

"아이들은 아버지의 말에 어떻게 반응하지요?"

"저희 아이들과 아주 어릴 때부터 이런 대화를 늘 해왔기 때문에 아이들은 제 말을 잘 듣죠."

할머니는 유 사장에게 따뜻하면서도 솔직하게 이야기합니다. 사실 자신이 유 사장을 만나러 온 것은 둘째 아들이 할머니에게 보낸 한 장의 편지 때문이었노라고. 아이들은 아버지가 성실하고 똑똑하고 유능하다는 것을 존경하지만, 아버지와 단 한 번도 대화다운 대화를 나눠본 적이 없었다고 말입니다. 그 편지에 아버지는 아들이 어떤 음식을 좋아하는지, 어떤 직업을 좋아하는지, 어떤 취향인지 전혀 모를 것이라고도 적혀있었습니다. 아버지는 오로지 아들인 자신이 어떻게 살아야 하는지 정답만 제시해주는데, 그 정답을 들을 때마다 둘째 아들은 어이없어서 속으로는 아버지를 비웃게도 된다고 했습니다. 그런데도 그 아들이 할머니에게 이 편지를 보낸 이유에 대해 듣고 아버지는 눈물을 글썽입니다.

"아버지가 일방적으로 저희에게 설교하고 길게 말할 때 저희가 아버지를 속으로 욕하고 비웃는 건 괜찮은데요. 남들이 우리 아버지가 그렇게 말할 때 아버지를 욕하고 비웃는다면, 그건 너무 속상하고 아버지가 안 됐어요. 그래서 아버지가 그런 자신을 조금이나마 알았으면 좋겠어요."

할머니는 유 사장의 어린 시절 에피소드 몇 편을 또렷이 떠오르게 만드는 마법의 물약을 유 사장에게 건네주었습니다. 물약을 마신 유 사장은 이윽고 청소년 시절의 모습과 그 시절 감정이 떠올랐습니다. 아버지의 어린 시절 자신에겐 그렇게 소중하고 중요한 이야기를 해주는 사람이 아무도 없었고, 그런 기억들이 참 슬프고 외로웠다는 것도 떠올립니다. 어른이 된 지금 어린 시절의 외로웠던 감정은 기억에서 멀어진 채, 자신의 경험을 토대로 한 삶의 방식만을 주변 사람들에게 이야기하고 또 이야기한 것입니다. 특히, 유 사장과 아주 가까운 대상이었던 자녀에게는 이들을 아끼는 마음에서 자신의 방식을 몇 배 더 강조할 수밖에 없었던 것이지요.

유 사장은 태어나서 처음으로 자기가 하는 이야기가 남들에겐 필요 없는 이야기일 수도 있다는 것을 알았다고 이야기합니다. 유 사장은 당장 집에 가서 아들과 이야기 나눠보고 싶습니다. 처음으로, 자신이 이야기하는 대신 아들의 이야기를 듣겠노라고 결심해봅니다.

할머니는 고개를 숙이고 있는 유 사장의 손에 할머니가 받은 아들의 편지를 조용히 건네주고 길을 나섭니다. '자식은 때로 부모의 스승이구나' 하고 할머니는 생각합니다.

진실된 조언을 하는 방법

유 사장 같은 아버지는 우리 주변에서 흔히 볼 수 있지요? 인간관계에서 조언은 때로는 엄청난 가치를 발휘하지요. 조언이 진정으로 가치를 발휘하려면 몇 가지 조건이 필요합니다. 첫째, 조언하는 사람과 받는 사람의 관계에서 상호 신뢰감이 전제되어야 하고 둘째, 조언을 받는 사람이 상대방의 조언을 듣고 싶은 마음이 있어야 할 것입니다. 마지막으로, 조언을 해주는 사람은 조언만 하는 것이 아니라 조언을 듣는 상대방의 현재 상황이나 마음을 함께 헤아려 주어야 하겠습니다. 이러한 세 가지가 전제되어 있지 않은 경우, 대게 어른들이 자녀를 위해 해주는 값진 말들 대부분은 그 조언의 값어치에 상관없이 무의미하게 사라져버릴 수 있습니다.

유 사장은 상대방이 누구이건 그의 마음을 헤아리지 못한 채 그간 너무도 일방적인 의사소통을 해왔던 것 같습니다. 오로지 상대에게 '도움을 주는' 관계만이 의미 있는 관계라고 생각하고 있었던 것 같습니다. 아마도 어린 시절 유 사장이 자신에게 손 내밀어 주며 좋은 이야기를 가득 해주는 의미 있는 대상을 갈구했던 탓이 크겠지요. 그런 그가 어른이 된 이후 자신이 주변 사람들에게 그러한 대상이 되어준 것이지요.

유 사장은 마음이 참 따뜻한 사람 같습니다. 지금과 같은 일방적인 소통이 아닌, 타인의 이야기에도 바짝 다가가 귀 기울여줄 수만 있다면 유 사장은 전혀 외롭지 않을 것 같습니다.

네 번째 사람

"왜
내 안의 결함만 보이는 걸까?"

왜 내 안의 결함만 보이는 걸까?

할머니가 오늘 만나는 사람은 20대 초반 남자 대학생 이 군입니다. 이 군은 초등학교 시절부터 늘 최고가 되고 싶은 꿈이 있었습니다. 덕분에 힘은 들었지만, 성적도 잘 나왔고 스스로 만족감도 컸습니다. 최고가 되고 싶고 실수를 하지 않고 싶은 마음은 그 후로 점점 커져서 대학생이 된 현재 이 군은 가장 힘든 시간을 보내고 있습니다. 과제를 제출해야 할 때도 이 군은 최대한 고민하고 계획하여 시간을 지연시킵니다. 조금만 더, 조금만 더 하며 최대한 미루고 꾸물거리다가 과제를 제출하지 못하게 되고, 이제는 그런 생활이 이 군의 일상이 되어 버렸습니다. 그리고 그런 자기 모습을 보며 후회하고 자책하며 반추하는 데만 며칠을 보냅니다. 그렇게까지 하지 않아도 괜찮다는 것을 머리로는 알고 있지만, 이제 이렇게 평가에 예민하고 불안해하는 모습이 습관이 되어버린 것 같아 어느 순간 우울감과 무력감을 느낍니다. 어디부터 어떻게 해야 할지 모른 채 학업을 포기해야 할 수도 있다며 오열합니다.

할머니는 이 군의 어린 시절에 관해 물어봅니다. 이 군은 어린 시절부터 늘 부모님께 인정받고 싶어 했지만, 부모님은 좀처럼 인정해주지 않았습니다. 부모님의 이야기에 가끔 화가 나기도 했지만, 이 군은 늘 웃음으로 일관하며 부모님 이야기에 맞장구쳤다고 말합니다. 부모님께 인정받고 싶은 마음과 부모님의 기대를 충족시키고 싶었던 마음은 자라면서 이 군의 내면에 부모님의 것이 아닌 이 군 자신의 기대로 자리 잡게 되었습니다. 이제 이 군은 누가 비난하는 것이 아님에도 스스로 자신의 결함을 수용하는 것이 점차로 어려워졌습니다. 명문대에 진학했음에도 불구하고 '실수하거나 실패하느니 차라리 시작을 안 하는 게 낫지!' 하면서 각종 해야 할 일을 최대한 미루었고, 그로 인한 스트레스로 인해 우울감도 커지고 자신에게 화도 났습니다.

할머니는 이 군의 힘들었을 마음을 토닥토닥 수용해주면서 이 군에게 마법의 안경을 하나 건네주었습니다. 할머니 말에 따르면, 모든 사람은 성공경험과 실패경험을 하기 마련인데, 이 안경을 쓰면 사람들의 머리 위에 놓여 있는 성공의 빨간색 구슬과 실패의 파란색 구슬을 함께 볼 수 있다는 것입니다. 성공을 많이 하면 빨간색 구슬이 커지고, 실패를 많이 하면 파란색 구슬이 커지는 것이지요. 안경을 쓴 이 군은 온종일 주변 사람들을 만났습니다. 정말 잘나 보였던 학과 친구들 머리 위에도 성공의 빨간색 구슬만 보이는 친구들은 한 명도 없었습니다. 대부분 빨간색과 파란색 구슬이 비슷한 크기였습니다. 이 군은 늘 부러워하던 한 친구를 만났습니다. 그 친구의 머리 위로 아주 작은 빨간색 구슬과 커다란 파란색 구슬이 보였습니다. 그리고 문득 자신의 모습이 궁금해졌던 이 군은 얼른 거울을 바라보았습니다. 머리 위로 매우 작은 파란색 구슬과 엄청 큰 빨간색 구슬이 보였습니다.

할머니를 다시 만난 이 군은 이미 자신이 얼마나 많은 성공경험과 강점들이 있는지 알았다고 말합니다. 잘나 보이는 사람들도 누구나 성공경험만 하는 것도 아님을 알았다고 말합니다. 이제부터는 거창한 것이 아니라도, 아주 작은 것부터 하나하나 해보겠다고요. 이 군은 실수해도, 실패해도 괜찮을 것 같다고 생각합니다.

할머니는 다시 길을 걸으면서 사람들의 표정을 바라봅니다. 내 마음이 편치 않고 껄끄러울 때 고개를 두리번거리며 사람들을 바라보면, 남들은 나와 다르게 아주 평안해 보이고 마치 아무 걱정 없는 것처럼 보일 때가 있지요. 그렇지만 그게 과연 얼마만큼 사실일까

생각해봅니다. 미칠 것같이 힘든 내 모습도, 잠시 스치는 어떤 사람의 눈에는 '아주 편안한' 모습으로 비추어질 수도 있으니깐요.

완벽주의(Perfectionism)란 자신에 대해 높은 기준을 설정하고 타인에게 비난받을까 염려하여 완벽함을 추구하는 성격적 특성을 일컫습니다(Hewitt & Flett, 1991). 완벽함을 추구하는 최근의 사회적 분위기 때문에 완벽하다는 것은 그 자체로 매력적인 단어일 수 있겠지요.

완벽하다는 것에는 긍정적인 측면과 부정적인 측면이 존재한답니다. 그 사람이 완벽하고자 하는 동기를 살펴볼 때, 타인보다는 자신의 내적 기준에 있어서 스스로가 더 잘하고 싶고 최선을 다하려는 동기가 발동되는 사람이라면, 완벽주의로 인한 적응적인 결과가 더 많이 나타나게 됩니다. 그러나, 타인에게 비난받을까 하는 두려움으로 인해 완벽하고자 애쓰는 사람은 완벽함을 추구한 결과로 인해 우울증이나 불안, 꾸물거림, 대인관계 문제 등의 부적응적인 결과가 더 많이 나타나게 된답니다. 여러분도 혹시 완벽주의자이신가요?

이 군의 성격을 살펴보면 아마도 완벽주의자로 추측됩니다. 특히 완벽주의의 적응적 성향보다는 부적응적 성향이 더 강한 것으로 보입니다. 이러한 완벽주의 성격에 큰 영향을 미치는 여러 요인 가운에 하나가 어린 시절 우리가 받은 '부모로부터의 비난'이라는 사실을 아시는지요? 어린 시절 아이에게 있어서 부모는 그 누구보다도 절대적인 사람이기에 어린아이가 부모로부터 사랑과 인정을 받기 위해 노력하는 것은 어찌 보면 너무나 당연하답니다. 만일 부모가 아이의 행동 하나하나를 간섭하고 비난하는 사람이라면, 부모로부터 인정을 원하는 자녀로서는 자신의 행동 모든 것들을 하나하나 검열하고 실수 없이 행동하고자 노력하겠지요. 이런 아이의 행동이 반복되어 완벽주의 성격에 영향을 미치는 것이랍니다.

이 군은 어릴 때부터 들어오던 부모의 비난이 어느 순간 자기 스스로의 비난으로 내면화되어, 별것 아닌 작은 결함에도 비난하고 괴로워하게 된 것입니다. 너무 잘하고자 노력할수록, 자신의 행동을 검열하고 실수를 예방하기 위한 행동들을 더 많이 하게 되어 시간이 걸리고, 결국 이 군처럼 일을 미루게 되거나 꾸물거릴 수밖에 없답니다.

이 군이 그러한 자신의 완벽주의 성격에 대해 어느 정도 이해하는 것도 도움이 될 것 같습니다. 힘든 부분도 있었지만, 완벽주의 성격으로 인해 분명 좋았던 부분도 있었을 것이니깐요. 다만, 이 군이 현재 하고 있는 고민을 덜기 위해서는 이 군이 자기검열 시간을 줄여나가면서 완벽

하지 않아 보이더라도 무엇이든 조금 더 빨리 시작하는 연습을 해나가
야 하겠습니다.

"고민이 우리의 일을 해결해주는 것이 아니라, 일을 시작하면 오히려
고민이 해결된답니다! 미루지 말고 지금 당장 시작해 보세요!"

다섯 번째 사람

"버림받고
혼자
남겨질까 두려웠다"

버림받고 혼자 남겨질까 두려웠다

　최 양은 3년째 직장생활을 하고 있는 직장인입니다. 직장에서 자신이 해야 할 일 처리는 어느 정도 잘하고 있다고 생각합니다. 그러나 직장 사람들은 인정해주지 않고 자신을 비난합니다. 간혹 지나치게 부당하게 느껴지는 순간에도 자기 의견을 꺼내지 못하고 부정적인 이야기를 조금도 하지 못합니다. 솔직한 속마음을 이야기하려고 마음을 먹어도 막상 직장 사람들 앞에 서면 긴장하고 내 마음과는 달리 좋은 이야기만 술술 하게 됩니다. 최 양은 자신이 타인의 시선과 평가에만 신경을 써서 정작 하고 싶은 말은 하지 못해 너무 속상하고 밤에 잠도 오지 않습니다.

　생각해보니, 최 양은 직장생활뿐만 아니라 언제부터인지도 기억 안 날 정도로 오랜 시간 동안 수동적으로만 살았습니다. 학창시절에 따돌림당한 경험도 떠올립니다. 친구들은 이유도 알려주지 않은 채 갑자기 자신을 함부로 대했고, 그럴 때마다 자신은 무력해지고 이유도 모른 채 슬퍼해야 했습니다. 그 후로도 최 양은 친구들과 인간관계를 맺을 때 늘 눈치 보면서 친구들에게 맞추었고 부정적이거나 친구들이 싫어할 만한 이야기는 절대 하지 않았습니다. 할머니는 최 양에게 묻습니다.

"인간관계에서 가장 두려운 게 무엇이지요?"

"버림받고 혼자 남겨지는 거요."

최 양이 대답합니다. 할머니는 한 번 더 묻습니다.

"직장 사람들이 최 양을 함부로 대하거나, 혼을 내는 것 같이 느낄 때는 주로 어떤 상황이었을까요? 그들이 무엇을 원해서 그런 행동을 할까요?"

이 말에 최 양은 5분 이상을 침묵합니다. 최 양은 아무리 생각해도 직장 사람들의 생각을 추측하기 어려웠습니다. 직장 사람들이 자신에게 어떤 점을 원해서 자신을 비난한 것인지, 그들이 자신에게 바라는 점이 무엇인지 도무지 떠오르지 않습니다. 할머니는 다시 물었습니다.

"최 양은 어떤 사람인가요?"

또다시 최 양은 답을 할 수 없었습니다. 할머니는 애처로운 눈빛으로 최 양을 바라봅니다. 자신의 색깔도 모른 채 남들과 좋은 관계를 맺고 싶은 욕구만 강하니 최 양은 그간 얼마나 힘들었을까요. 최 양은 자신의 감정이나 욕구, 자신의 성향, 자신의 장단점 등 자신에 대해 생각해본 적이 거의 한 번도 없었다는 것을 깨달았습니다. 그저, 타인에게 인정받고 버림받지 않는 것이 최 양에게 가장 큰 기쁨일 뿐, 자신이 원하는 것이 무엇인지에 대해서는 관심조차 없었던 것입니다. 자신의 마음을 모르니 타인의 마음을 잘 모르는 건 어찌 보면 당연하겠지요?

할머니는 잠시 고민하다가, 하루 동안 자신과 상대방의 마음의 소리를 들을 수 있는 마법의 보청기를 최 양에게 건넸습니다. 물론 보청기는 세상 사람들에게는 보이지 않지요. 다음 날 보청기를 하고 회사에 간 최 양은 갑자기 새로운 세상에 온 것만 같았습니다. 과장님이 자신에게 업무 지시를 할 때 과장님의 찡그린 표정 이면으로, 과장님이 왜 그런 표정을 지으며 자신에게 이야기했는지가 들렸습니다. 과장님이 지시했을 때 자신이 과장님의 시선을 보지 않은 채 창밖을 바라본 것이 과장님의 눈에 거슬렸다는 것을 알게 되었습니다. 식사시간에 메뉴를 고를 때도, 늘 동조만 해 오던 것과 달리, 자신의 욕구가 나지막이 최 양의 귀에 속삭이듯 들렸습니다. 그런 자신의 욕구 섞인 목소리가 최 양은 반가웠습니다. 그리고 그러면 그럴수록 이상하게 기분은 더 좋아졌습니다. 최 양은 할머니를 찾아가서, 좋았던 기분에 대해 말합니다.

할머니는 최 양에게 말합니다.

"자기 마음과 자기의 욕구를 알아야 타인의 마음도 알 수 있지요. 인간관계라는 것은 일방적으로 한 사람이 '잘 맞춰서' 되는 것이 아니라, 서로의 욕구를 예민하게 알아차려야만 가능한, 엄청 복잡한 톱니바퀴와도 같답니다."

최 양은 그간 인간관계로 인해 소화도 안 되고 불안해했던 시간을 떠올려보았습니다. 이제 곧 마법의 보청기 없이도 스스로 자신의 욕구를 찾고, 주변의 욕구에 귀 기울여볼 수 있을 것 같다고 생각합니다.

사회적 민감성

인간관계라는 것이 한번 형성되고 난 후에 영원히 유지되는 고정불변한 것이 아니기 때문에 우리는 그 관계유지 또는 발전을 위해 늘 크고 작은 노력을 하게 되지요. 인간관계에 어려움을 겪는 데는 사람에 따라 각각 다양한 원인이 존재합니다. 그 원인을 크게 기질적인 것과 환경적인 것으로 나누어볼 때, 최 양의 경우는 아마도 기질적인 요인이 큰 영향을 미치는 것 같아 보입니다.

기질적 요인 가운데 하나인 사회적 민감성(Reward Dependence)은 사회적 신호와 타인의 감정에 대한 민감성을 알아차리는 것을 설명해줍니다. 즉, 사회적 민감성이 높은 사람은 대체로 감수성이 높고 정서적 개방을 잘하며, 사람들과 친밀감을 잘 형성하는 특성이 있습니다(Cloninger, Przybeck, Svrakic, & Wetzel, 1993).

최 양은 사회적 민감성이 떨어지기 때문에, 본인 감정이나 욕구에 대한 자각이 어렵고 더 나아가 타인의 감정이나 욕구까지도 파악하기 어려운 것입니다. 대인관계 기술이란 것도 타인의 감정이나 욕구를 알아차린 후에나

적용할 수 있는 것이기 때문에, 사회적 민감성이 부족한 최 양은 그간 사회생활을 하면서 얼마나 답답하고 힘들었을까요?

최 양은 먼저 이러한 자신의 대인관계 어려움의 특성을 분명히 인식할 필요가 있어 보입니다. 어떤 점이 부족하고 어떤 점이 괜찮은지 우선적으로 아는 것도 자신에 대한 중요한 자각이니깐요. 아울러, 우리의 기질적 요인을 180도 크게 변화시키기는 어려울 수 있지만, 최 양 자신이 변화하고자 하는 몇 가지 대인관계 양식을 바꾸어보는 것은 가능하답니다. 과거 최 양이 버림받지 않기 위해 남들에게 맞추어 맥락도 파악 못 한 채 노력해왔다면, 이제 최 양은 자신과 타인의 마음을 좀 더 들여다보면서 상황에 더 적절한 방식으로 대처해나가야 할 것입니다.

여섯 번째 사람

"굶고 토해서라도
날씬해질 수만 있다면"

굶고 토해서라도 날씬해질 수만 있다면

할머니는 오늘 20대 후반 정 양을 만나려 합니다. 정 양은 할머니를 얼마나 만나고 싶어 했는지 모릅니다. 8년째 아무에게도 말 못하고 혼자서 힘들게 끌고 온 문제를 간절히 해결하고 싶었거든요.

정 양은 23살부터 현재까지 5년간 맹렬한 다이어트를 해왔습니다. 처음에는 식단조절과 헬스, 요가를 병행했는데 6개월에 무려 12kg을 감량했다는 것입니다. 정 양은 어린 시절부터 자신이 엄청나게 뚱뚱하다고 생각해왔고 엄마와 여동생도 왠지 자기가 뚱뚱하기 때문에 자신을 부끄럽게 생각할 것 같다고 말합니다. 실제로 엄마는 정 양이 음식을 먹고 있는 모습을 볼 때마다 따라다니며 반복해서 잔소리했던 것으로 정 양은 기억합니다. 먹는 것 외에 엄마가 정 양을 크게 혼내거나 특별히 미워했었던 특별한 기억은 떠오르지 않지만, 그렇다고 엄마와 함께한 따뜻하고 애틋했던 기억도 찾아내기 어렵습니다.

할머니가 바라본 정 양은 많이 뚱뚱한 모습이 아니었고, 외모도 매우 귀여운 호감 가는 인상이었습니다. 그래도 할머니는 정 양에게 '뚱뚱하지 않다'거나 '호감 간다'라는 말을 애써 하지는 않습니다. 아무리 진심 어린 칭찬이라도 자존감이 낮은 사람들에게는 전혀 와 닿지 않는 무의미한 것임을 할머니는 알고 있으니깐요.

할머니는 정 양에게 있어서 그 시절 12kg 감량이 어떤 의미인지 물었습니다. 정 양은 12kg을 감량했을 때 거의 처음으로 성취감을 느꼈다고 이야기합니다. 학창시절에 공부를 잘해본 적도 없었고, 그나마 약간 재능이 있는 것 같이 느꼈던 미술도 고등학교 때 입시 미술로 학원에 다니겠다며 시작했다가 두 달여 만에 지쳐 그만두었던 정 양입니다. 공부도 미술도 외모도 정 양이 내세울 수 있는 것은 아무것도 없는 것 같았습니다.

고등학교를 졸업하면서 지원했던 대학에 모두 떨어졌던 정 양은 부모님께 폐 끼치지 않겠다며 대학을 가지 않겠다고 생각했고, 어느 정도 관심 있어 했던 제과 제빵을 친구와 함께 배우기 시작했다고 합니다. 그리고 1년 반 만에 시내에 있는 제과점에 첫 취업을 했고 그후 경험이 늘어나면서 현 직장인 호텔 베이커리에서 꽤 좋은 조건으로 일하게 되었습니다. 아마도 정 양의 손재주가 꽤 좋은 것 같지요?

호텔 베이커리에서 일하게 된 정 양은 무척 기뻤고, 가족들도 대견스러워했다고 말합니다. 그리고 호텔 베이커리에서 근무하면서부터 다이어트는 시작되었습니다. 6개월간 12kg이라는 엄청난 감량을 한 후, 정 양의 목표는 더욱더 상향조정되었습니다. 12kg을 감량하자마자, 쉼 없이 더욱더 맹렬한 다이어트를 시작했습니다. 그러나 살이 이전처럼 쉽게 빠지지 않았고 오히려 요요 현상을 경험했습니다. 정 양은 무기력한 마음에 운동도 손을 놓게 되었고, 이제는 식단조절 대신 굶을 수 있는 데까지 최대한 굶는 식으로 다이어트를 했습니다. 그렇게 허기진 상태를 오래 버티기는 누구나 힘들겠지요. 정 양은 한없이 굶었다가 갑자기 폭발적으로 몇 끼 식사만큼의 음식을 한 번에 먹기를 반복하게 되었고 먹은 음식에 대한 자책감과 분노감, 속상함에 먹었던 모든 음식을 이내 토해냈습니다. 일주일에 적어도 두 번은 그런 생활을 반복해 왔던 정 양은 이런 자기 자신이 너무도 수치스럽습니다. 일상생활도 엉망이 되어가고요. 하지만 날씬함에 대한 집착은 도저히 버릴 수가 없습니다.

난생처음으로 이런 고민을 털어놓은 정 양은 그 자체로 후련함을 느낍니다. 폭식한 후 토하는 자신을 스스로의 힘으로 변화시키고 싶다고, 건강하게 살을 빼고 싶다고 울먹이며 이야기합니다.

할머니는 정 양에게 마법의 모자 하나를 건네줍니다. 이 모자를 쓰는 순간, 마음속에 품고 있던 것들을 행동으로 뚝딱 옮기는 등 마음먹은 것들을 모두 해낸다나요? 물론 이 모자는 당연히 할머니와 정 양의 눈에만 보이고요. 정 양은 모자를 쓰고 할머니와 약속한 2주를 지냈습니다. 정 양이 마음먹은 대로, 하루에 2시간 운동을 했고 하루 세끼를 정해진 시간에 먹었습니다. 음식 먹은 후 토하는 행동도 없었고요. 아직 2주밖에 지나지 않았기 때문에 정 양이 기대한 것만큼 살이 빠지진 않았지만, 자신이 생각한 대로 행동을 했다는 것 자체만으로 기쁘고 아주 큰 성취감을 느꼈습니다. 어쩌면 정 양이 그토록 바라왔던 것은 날씬한 몸 이면에, '자신이 결심한 대로 해보는 것' 즉, 작은 성공경험이었던 것 같습니다.

그리고 정 양은 갑자기 잊고 있었던 자신의 '꿈'도 기억해냅니다. 다이어트에 밀려서 몇 년 동안 잊고 지냈던 꿈은 바로 쇼콜라티에 (초콜릿을 만들고 디자인하는 일을 전문적으로 하는 사람)가 되는 것이었습니다. 이미 수년 전에 정 양은 제빵 이외에 초콜릿 만드는 것에도 흥미를 느꼈고, 그 맛이나 모양내는 것 모두에 엄청 감각이 있다는 평을 주변인들에게 여러 번 들은 상태였다고 말합니다. 마법의 모자를 쓴 정 양은 언젠가 꼭 도전해보고 싶었던 쇼콜라티에가 되기 위한 교육과정에 등록했고, 퇴근 이후 늦은 시간임에도 불구하고 피곤한지도 모른 채 즐겁게 초콜릿을 만들고 또 만듭니다. 자신이 직접 만든 초콜릿을 호텔 베이커리에도 내놓을 수 있다고 생각하니 그렇게 설렐 수가 없었습니다.

이제 정 양은 마법의 모자를 돌려주기 위해 할머니를 다시 만났습니다. 정 양의 표정은 너무 힘 있어 보였습니다. 정 양이 할머니께 말합니다.

"살은 아직 2kg밖에 안 빠졌어요. 그런데도 예전만큼 조급하고 불안하지 않아요. 왜 그런지 돌아봤더니, 제가 진심으로 원하는 건 단지 살을 빼는 것 자체가 아니더라고요. 살 빼는 건 그저 일부였고, 전 제 삶의 주인이 되고 싶었던 것 같아요. 제가 하고 싶은 일을 실제 행동으로 옮겨 실천하기를 반복해나가니, 신기하게도 점차 자신감이 생기고 삶이 더 기뻐지네요."

할머니가 웃으며 대답합니다.

"맞아요. 정 양에게 살 빼는 것은 정 양이 자기 삶을 원하는 대로 선택하고 조절하며 살 수 있다는 의미이군요. 어릴 때는 실패도 많았지만, 어느새 정 양은… 실패만 하고 있지 않아요. 제빵 분야에서도, 초콜릿 분야에서도, 정 양은 꽤 자신감도 있고 능력도 보이는걸요."

정 양의 마음은 너무 가벼워졌습니다. 정 양은 쇼콜라티에 자격증을 취득할 때까지, 식단조절과 운동을 병행하면서 딱 2kg 감량에 도전해보겠다고 결심합니다. 정 양에게 있어서 다이어트는 편안하게 함께 가야 할 평생의 친구가 될 것 같습니다.

급식 및 섭식장애(Feeding and Eating Disorders)란 개인의 건강과 심리·사회적인 기능을 저하시키는 부적응적인 섭식 행동을 일컫습니다 (DSM-5). 정 양의 경우 급식 및 섭식장애의 다양한 진단 준거에 비추어 볼 때, '신경성 폭식증'의 가능성이 엿보입니다.

체형과 체중이 정 양의 자기평가에 과도하게 영향 미치고 있으며, 정 양은 부족한 자신감을 날씬한 체형을 통해 보상받고자 하는 것처럼 보입니다. 정 양은 어린 시절부터 성공경험이 적었고 실패를 자주 반복했던 탓에 부모님께도 종종 비난을 받았었다고 합니다. 공부도, 외모도 마음대로 되지 않았으니 정 양은 얼마나 큰 위축감을 느꼈을까요?

실패감을 반복적으로 경험했던 정 양은 실패할까 지나치게 두려워하는 것처럼 보입니다. 자신이 조금이라도 잘해야 한다거나 부담스러운 일들은 최대한 미루거나 회피하다가, 결국엔 실패하는 식의 악순환을 경험했습니다. 아마도 정 양에게 가장 먼저 필요한 것은 일이나 식습관 개선을 통한 '작은' 도전과 '작은' 성공경험의 반복이 아닐까요? 이 과정에서 약물치료와 상담치료가 도움될 것 같습니다. 정 양 자신이 얼마나 자신감이 부족한 삶을 살았는지에 대해 이야기하면서, 그동안 누적된 슬픔, 분노, 수치심, 죄책감과 같은 부정적 감정들을 충분히 꺼내놓으면 좋을 것입니다. 무엇보다도, 정 양이 현재 자신의 분야에서 기능을 잘하고 있으며, 열심히 살고 있는 사람이라는 점도 알아야 하겠습니다. 정 양은 부족함만 가득한 사람이 아닌, 이미 가지고 있는 자원이 너무도 많은 사람이라는 것을요.

일곱 번째 사람

"자신감 있는 부모,
자신감 없는 부모"

자신감 있는 부모, 자신감 없는 부모

조 씨는 30대 후반의 주부입니다. 조 씨는 여섯 살 여아를 키우고 있는데, 아이가 태어난 이후로 자신은 거의 행복한 적이 없었다고 말합니다. 아이를 잘 키우고 싶은 마음이 매우 큰데, 잘 키우려 할수록 어렵고 매일 매일 자기가 뭔가 아이 양육을 잘못한 것 같은 마음이 크게 든다는 것입니다.

조 씨 말에 따르면, 아이는 주변 또래들에 비해 엄청 활발하고 산만하여 엄마의 말도 잘 따라주지 않아서 하루에도 몇 번을 엄마와 실랑이한다고 합니다. 근데 또 어린이집에서는 비교적 사고 없이 잘 지내는 편이라는 이야기를 들어서 한편으로 혼란스럽다는 것입니다.

할머니는 조 씨가 어떤 가정에서, 어떻게 자랐는지를 묻습니다. 조 씨의 부모님은 외동딸인 자신을 엄청 귀하게 키웠다고 말하니다. 집에서 꽤 멀리 있는 대학을 다녔는데, 엄마는 조 씨를 자취시키지 않고 4년을 운전하며 조 씨와 거의 생활을 함께했다는 것입니다. 경제관념도 결혼 후에 생기기 시작했고, 자신이 그나마 결혼한 후에 좀 성숙해진 것 같다며 멋쩍게 웃습니다.

할머니가 이야기 들어보니, 아이가 태어나기 전까지 조 씨는 누군가를 위해, 심지어는 자기 자신조차도 온전히 책임져본 경험이 거의 없었던 것입니다. 조 씨는 심리적으로는 아직도 계속 부모가 필요한 의존적인 어린아이였지요.

할머니는 조 씨에게 정말로 어른이 되고 싶은지 물은 후, 마법 속의 '어린이별'에 한 달 정도 다녀올 것을 조 씨에게 제안합니다. 마법 속의 한 달은 현실에선 고작 두 시간이거든요. 한참을 망설인 끝에 조 씨는 용기 내어 그 별에 갔습니다.

어린이별에 도착한 조 씨. 그곳에서 조 씨는 여섯 살 어린이가 되어 있었습니다. 어린 시절의 부모님도, 옆집 사람들도 모두 그대로였습니다. 그곳에서는 어린이들이 왕 대접을 받지요. 부모님과 모든 어른은 매일 조 씨와 어린이들을 씻겨주고 먹여주고 재워주고, 놀이를 해줍니다. 정말 오랜만에 아이가 되어보니 처음에 그렇게 편할 수가 없었습니다. 꿈만 같았습니다. 다시 어른이 되기 싫을 정도였습니다.

삼 일째 되는 날부터 조 씨는 이렇게 생활하는 것이 힘들어졌습니다. 부모님께 의존해서 지내다 보니 편하긴 했지만, 점점 마음은 우울해졌습니다. 기분이 왜 이럴까 곰곰이 생각해보니, 자신이 부모님께 의존하고 편하게 지내면 지낼수록 스스로 할 수 있는 것이 점점 줄어들면서 자신감은 몇 배 떨어진다는 것입니다. 조 씨는 중요한 한 가지를 깨달았습니다. 자신이 여섯 살 딸아이를 키우면서 그렇게까지 힘들었던 이유는 어른으로서 자신감이 없었기 때문이었다는 것을요. 자신감이 없으니 자기 확신이 전혀 들지 않았던 것이지요. 아이를 혼낼 때도 '이게 맞나?' 하는 마음으로 아이에게 용기 없이 대했기에 아이도 자신을 무시한 것 같다고 말합니다.

일주일을 못 견디고서 조 씨는 결국 어린이별에서 스스로 나왔습니다. 그리고 이제부터 진정한 어른이 되고 싶다고 할머니께 말합니다.

"자녀를 책임지기 이전에, 부모로서 그리고 한 인간으로서 확신과 자신감을 갖는 것이 우선일 것 같아요. 늘 자신이 없으니 아이에게 휘둘리고 또 그런 저 자신이 너무 못나 보였어요."

조 씨는 이제 부모님과도 조금 더 심리적 거리를 두겠다고 결심합니다. 조 씨의 자신감이 커질수록 부모님 도움은 덜 필요할 것 같습니다. 부모로서 확신과 효능감이 커질수록 조 씨는 아이 양육이 점점 더 편해지는 것을 경험했습니다. 자기 삶을 스스로 통제할 수 있다는 것을 경험하니 행복감이 몰려옵니다.

심리적으로 어린 부모에 대해

'결혼해서 애 낳으면 철들고 성숙해진다'라고 이야기하는 것을 주변에서 종종 듣곤 합니다. 이야기 속 조 씨의 사례를 보면 이런 이야기가 반드시 사실 같지는 않지요?

자녀를 양육하고 있는 엄마들 가운데 의외로 많은 어머니들이 심리적으로 여전히 '어린이'인 경우가 많습니다. 이런 어머니들이 보여주는 공통적인 특징이 자녀에 대한 어른으로서의 책임감이나 권위가 부족하다는 것입니다. 부모로서의 '책임감 및 권위'와 부모-자녀 간 '친밀함'은 분명 다른 차원이지요. 둘 다 중요한 요소이긴 하나, 부모가 친밀감만 있고 책임감이나 권위가 없을 경우 자녀가 부모를 편하게 생각하긴 하지만 부모를 진정으로 신뢰하고 존경하기 어려워합니다. 자녀에게 닥치는 힘든 일들을 부모가 함께 감당해줄 수 있다는 믿음이 부족하기 때문이지요. 또한, 자녀는 이러한 부모와 주로 친구 관계만을 형성했기 때문에, 부모의 지시나 훈계를 귀담아듣기가 힘들 수밖에 없습니다.

부모인 여러분 자신이 아직 사례 속의 조 씨처럼 심리적인 어린이에 머물러 있다면, 여러분 자신과 자녀를 위해 심리적인 어른이 되어야 한답니다. 어른이 된다는 것은 바로 '책임지는 것'이랍니다. 자신을 책임지지 못하는 어른은 아직 어린이와 같지요.

자녀에게 책임감을 갖는 것은 자녀의 모든 것을 책임지고 다 해주라는 말과는 구분된답니다. 이것은 보호자가 지녀야 할 책임감과 권위를 가지라는 말이지요. 조 씨가 부모로서 책임감을 갖고 친정 부모님과도 거리를 두면서 자녀 양육이 더 편안해지게 된 것처럼요. 머지않아 조 씨는 분명 더 자신감 있는 부모가 될 것 같습니다.

여덟 번째 사람

"싫으면,
싫다고 말할 수 있을까?"

싫으면, 싫다고 말할 수 있을까?

　인간관계에서 좋은 관계란 무엇일까요? 할머니는 이런 질문을 종종 받곤 하는데, 쉽지 않은 질문이라고 생각합니다. 왜냐하면, 좋은 관계란 어떤 한 가지 관계만 정해져 있는 것이 아니거든요. 대신 인간관계에서 우리의 마음을 헤치는 건강하지 않은 관계는 있는 법이지요.

　오늘 할머니는 '좋은 관계'에 대해 이야기 나누기 위해 권 양을 만나러 갑니다. 권 양은 30대 중반 여성입니다. 권 양은 남자친구와 4년째 만나고 있는데, 자신에게 너무 집착하는 남자친구 때문에 고민이 큽니다. 자신을 엄청 구속하고 일일이 계획을 체크하며 친구들도 못 만나게 하는 등 구속이 심하다는 것입니다. 그런 일로 어렵게 용기 내어 작은 목소리로 힘들다는 자기표현을 하면, 남자친구는 죽겠다며 협박하고 실제로 죽으려고 한 적도 있었습니다. 권 양이 남자친구를 계속 만나는 유일한 이유는 자신이 남자친구를 떠나게 될 경우 남자친구가 너무 힘들어할까 염려된다는 점이 전부였습니다.

할머니는 권 양이 동료나 친구들과는 어떻게 지내는지도 물었습니다. 권 양은 대인관계에서 주변 사람들에게 무조건 자신이 상대방 편이 되어주려 노력한다고 했습니다. 어릴 때부터 자신은 거의 혼자였던 것 같고 돌아보면 다수의 아이가 즐거워하며 그들끼리 모여 있었다는 것입니다. 어려움을 혼자 감당하는 것이 어떤 느낌인지 자신은 너무도 잘 알고 있기 때문에, 권 양은 누군가가 힘들어하면 따지지도 않고 가서 그 사람의 편이 되어줍니다. 하지만 편이 되어준 사람들은 권 양이 어려움을 겪을 때는 자신의 편이 되어 주지 않았고, 또다시 자기는 혼자라는 것입니다.

할머니는 권 양의 외로움과 소외감을 이해할 수 있었습니다. 그리고 권 양에게 물었습니다.

"좋은 관계가 무엇일까요?"

권 양은 대답합니다.

"서로 완전한 자기편이 되어 주는 거요."

완전히 내 감정을 이해해주고 나의 편이 되어주는 대상을 원하는 것은 우리의 가장 깊숙한 욕구일지도 모르겠습니다. 하지만 우리를 언제나 실망시키지 않고 늘 내 편이 되어줄 수 있는 관계란 존재하지 않는 법이지요.

할머니에게 좋은 생각이 떠올랐습니다. 할머니는 권 양에게 며칠 동안 주변의 모든 사람을 엄청나게 실망시키게 만드는 마법의 주문을 걸었습니다. 권 양은 어떻게 될까요? 권 양은 회사에 가자마자 부장님의 업무를 잘못 이해하여 실수했습니다. 연이어서, 아무리 급하고 바쁜 일이 있더라도 위로가 필요한 직장 동료를 지나치지 못하고 시간을 내어주던 권 양이지만, 그날만큼은 권 양에게 밀린 일이 너무도 많고 바빠서 힘들어하는 직장 동료에게 시간을 전혀 내어주지 못했습니다. 한 시간에 한 번씩 계속 귀찮게 연락 오는 남자친구에게도 퉁명스러운 목소리로 바쁘다는 의사표시를 분명하게 하여 남자친구를 엄청 실망시켰네요. 그렇게 주변 사람들을 실망시켰던 권 양은 괜찮은 걸까요? 권 양은 할머니를 다시 만나서 이야기합니다.

"남들을 실망시키면 큰일이 날 것만 같았는데, 제가 걱정했던 것보다 별일이 없네요."

할머니는 권 양에게 말합니다.

"좋은 관계라는 건 그저 '적당히, 충분히 좋은' 관계면 족한 것이지요."

권 양은 상대방을 실망시키지 않기 위해 자신이 맺어왔던 관계가 오히려 솔직하지 않은, 병리적인 관계였다는 것을 알게 되었습니다. 그리고 남자친구에게 더 이상은 맞추고 싶어 하지 않는 자신의 욕구를 분명하게 발견했습니다. 이제 가끔은 남들을 실망시켜도 된다고 생각하니 오히려 마음이 가볍습니다.

자기자신의 욕구를 존중하기

자존감이 낮은 사람들 가운데에는 의사결정이나 판단의 기준이 '타인'인 경우가 종종 있습니다. 권 양이 주변 사람들과 맺는 관계는 부적절한 관계처럼 보입니다. 특히 권 양과 가까운 사람인 남자친구와의 관계는 소위 '매 맞는 사람 증후군(Battered Person Syndrome)'에 나타난 설명과도 흡사한 패턴을 보입니다. 매 맞는 사람 증후군이란 일반적으로 배우자, 동거인, 또는 연인과 같이 친밀한 관계에서 남성으로부터 오랫동안 물리적, 감정적으로 학대를 당함으로써 겪는 공통된 행동적, 심리적 특성을 설명하는 것입니다. 피해자는 반복적인 무력감에 빠져 가해자와의 계속적인 학대 관계에서 벗어날 수 없다고 믿음으로서 가해자와의 관계를 유지하게 됩니다(Albin, 2011).

권 양에게 지나치게 집착한다거나 권 양이 자신의 의사를 표현했을 때 협박하고 실제로 죽으려고 시도한 남자친구의 행동은 권 양에게 정서적 학대를 한 것이나 다름없습니다. 남자친구의 행동이 부적절한데도 이를 끊어내려 하기보다 권 양은 자신을 희생하여 남자친구에게 맞추면서 그

관계를 유지하려 노력해온 것입니다. 즉, 그녀가 주변 사람들과 맺어온 인간관계는 대체로 자신을 희생하는 식의 관계였던 것이지요.

인간관계를 '무게'로 비유해볼까 합니다. 건강한 두 사람 간의 관계라면, 그 둘은 서로 그 무게가 비슷해야 할 것 같습니다. 여기서 말하는 무게란 눈에 보이는 것과 보이지 않는 무게 모두를 포함합니다. 정서적으로, 물질적으로 주고받는 무게가 엇비슷할 때 관계는 편안하고 더 오래 지속되곤 합니다. 관계에서 일방적으로 참고 맞춰만 줄 때, 그 친구를 만나서는 나만 맨날 돈을 내는 것 같을 때…. 그 관계는 어느 누구나 힘이 들 수 있지요.

이제라도 권 양은 타인이 아닌 자신의 욕구와 기준을 계속해서 발견해나가야 하겠습니다. 남들을 실망시키지 않는 것보다 더 중요한 것은 바로 '나 자신'을 실망시키지 않는 것임을 기억하세요.

"아이가 잘나야만
행복할 수 있었던 엄마"

아이가 잘나야만 행복할 수 있었던 엄마

행복한 할머니가 만난 사람은 40대 초반의 중학생 엄마였습니다. 겉으로 전혀 고민이 없어 보이는 단정한 차림과 선한 인상의 여성이었습니다.

첫인상과는 달리, 할머니를 만나자마자 엄마는 인상을 찌푸리면서 눈물을 글썽이며 중학생 3학년 딸아이 이야기를 쏟아냅니다. 딸아이는 초등학생 시절에 늘 전 과목 100점을 받고 적어도 공부로는 자신의 속을 한 번도 썩이지 않았던 아이였다지요. 이 아이가 중학교에 올라와서 성적이 떨어지고, 남들 다 다니는 학원도 다니기 싫어서 엄마는 매일같이 아이와 싸우고 공부와 학원 잔소리를 아이에게 1년째 되풀이하고 있다는 것이지요. 할머니는 엄마에게 묻습니다.

"떨어진 성적이 어느 정도이지요?"

엄마는 답합니다.

"92-3점이에요. 하지만, 등수로 치면 반에서 고작 반에서 6~7 등이에요. 이 등수로는 명문대는 꿈도 꾸기 어려워서 현실을 너무 받아들이기 힘들어요."

할머니는 다시 묻습니다.

"그 점수로 명문대에 갈지 못 갈지 현재로써는 모르는 일이지요. 중요한 건, 명문대에 가지 못할까 봐 힘들어하는 건…. 아이가 아니라 엄마군요."

엄마는 할머니의 이 말에 눈물을 흘립니다. 엄마는 사실 사회적으로 소위 말하는 '좋은' 대학을 졸업하지 못한 것이 늘 콤플렉스였습니다. 자신보다 좋은 대학을 나온 남편에게도 자존심 때문에 자신의 열등감을 드러낸 적은 없었지만, 외동딸인 아이는 반드시 남들이 알아주는 좋은 대학에 가서 의사가 되었으면 좋겠다는 생각을 아이 어릴 때부터 하루에 10번도 넘게 해왔습니다.

아이가 어려서부터 이 엄마의 행복감은 오로지 아이의 성적에 달려있었습니다. 아이가 100점을 받는 날은 세상 모든 것을 가진 것 같았고, 자존감이 올라갔습니다. 그래서 늘 시험 때가 되면 엄마와 아이는 한팀이 되어 100점을 위해 달렸습니다. 엄마는 그 시간이 긴장되면서도 너무 행복했습니다.

하지만 엄마의 딸은 다행히도 너무 건강한 아이였던 것입니다. 중학교에 들어오면서 '자아'를 발견하는 사춘기가 왔고, 이제는 엄마가 시켜서 공부하는 그런 공부 기계가 아니라고 엄마에게 소리도 질렀다나요. 학원 공부까지도 1부터 100까지 간섭하는 엄마 때문에 학원도 다니기 싫다고 했답니다.

행복한 할머니는 이 딸이 너무도 힘이 있는 강한 아이라고 생각하며 크게 웃었습니다. 그리고 할머니는 엄마에게 '꿈을 꾸는 마법의 물약' 하나를 처방해주었습니다. 이 물약을 마시면, 해결책이 꿈 안에 나타난다나요? 엄마는 그날 어떤 꿈을 꾼 것일까요? 꿈속에서 딸은 엄마 기대에 부응하며 엄마가 하라는 대로 열심히 공부해서 많은 사람이 꿈꾸는 명문대 의대에 합격했습니다. 엄마는 꿈 안에서도 엄청 기뻤습니다. 하지만 기계처럼 공부만 해오던 딸은 의대에 가서 서서히 학업 압박감에 시달리기 시작했고, 자신의 의지로 즐겁게 공부한 적이 없던 탓에 의대 공부 따라가기가 여간 어려운 것이 아닙니다. 딸아이에게 옆의 친구들은 모두 경쟁자로만 여겨집니다. 딸아이는 꿈에서 방황을 하다가, 이제는 방법이 없고 너무 힘들어 죽을 것만 같아서 죽겠다며 옥상으로 뛰어 올라갑니다. 그 모습에 엄마는 오열하며 아이를 쫓아가다가 꿈에서 깨어났습니다.

엄마는 그제야 현재의 자녀 모습이 얼마나 건강한 것인지 깨달았습니다. 딸아이는 엄마가 시켜서가 아니라, 스스로 알아서 자기 공부를 하고 싶어 한 것입니다. 할머니는 엄마가 자녀의 주도성을 받아주고 건강한 측면을 인정해준다면, 어쩌면 아이는 스스로 더 열심히 공부할 수도 있는 아이라고 이야기해줍니다. 또한, 엄마 자신도 행복할 수 있는 일을 찾아야만 아이와 엄마가 모두 행복해질 수 있다는 것도요. 엄마는 그동안 아이와 상관없이 스스로 행복해지는 것에 대해 너무 오랫동안 잊고 있었다는 것을 알았습니다.

할머니는 지금은 성인이 된 할머니의 딸을 떠올리며 울먹이는 엄마를 한참 동안 바라보았습니다. 할머니의 딸도 사춘기 시절 자아를 찾겠다며 학업을 소홀히 하면서 할머니를 힘들게 했던 적이 있었지요. 할머니가 엄마에게 말했습니다.

"자녀를 진심으로 믿고 기다려 주는 건 정말로 힘들지만 가장 중요한 거죠…"

엄마는 말없이 눈물을 흘렸습니다.

조건없이, 있는 그대로의 모습을 사랑하기

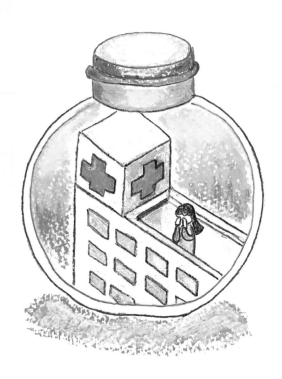

심리치료자 로저스(Rogers)는 인간이 건강하게 성장하기 위해서는 부모와 같은 중요한 타인들이 자신들이 가치 있게 여기는 조건들을 자녀에게 강요해서는 안 된다고 설명하고 있습니다. 그럴 경우, 자녀는 부모의 인정을 위해 스스로가 느끼고 경험하는 자연스러운 경험들을 무시한 채 부모의 인정을 위해 부모가 요구하는 가치를 자신의 것으로 받아들이고 그것을 위해 애쓰게 되지요. 부모로부터 사랑받고 싶지 않은 사람은 없으니깐요. 이러한 경험이 반복됨에 따라, 인간은 우울 등 각종 심리적 부적응을 경험할 수 있습니다.

만일 이 엄마의 딸이 성장하면서 계속 엄마의 가치관대로 공부하고 삶을 살아간다면, 미래에 자신의 욕구나 가치가 없는 사람이 되거나 자신의 가치관과 엄마의 가치관 사이에서 혼란스러움을 느낀 채 큰 부적응을 경험할 수 있을 것입니다. 당장은 딸아이의 변화로 인해 엄마로서 혼란스러운 건 당연하지만, 딸아이의 반항은 위험한 신호가 아닌, 건강하고 자연스러운 신호임을 알아야 하겠습니다.

열 번째 사람

"부모에게
1년째 말을 하지 않는 아이"

부모에게 1년째 말을 하지 않는 아이

인간관계에서 상처는 가까운 관계에서 주고받는 법이지요. 오늘 만나는 사람은 40대 후반의 이 씨 부부입니다. 부부에게는 자녀가 셋이 있는데, 중학생 1학년인 둘째 딸이 1년째 자기들에게 아무 말도 하지 않는다는 것입니다. 그 아이는 다른 형제와는 어느 정도 이야기를 하고 있기에, 더 답답할 지경입니다. 아이에게 말을 걸기도 눈치 보이고 이제는 어떤 이야기를 해야 할지도 모르겠다고 말합니다.

할머니는 둘째가 어떤 아이인지 자세히 말해달라고 요청합니다. 둘째는 어릴 때부터 조용한 편인데, 고집이 세고 좋고 싫어하는 것이 분명하며, 글을 잘 쓰고 딸이 한 명이라 집안일도 잘 도왔다고 했습니다. 가끔 형제들 간의 다툼이 있어도 잘잘못을 가리면 사과도 주고받고 했었다고요. 그래서 둘째가 이렇게 말을 하지 않는 게 이해가 되지 않고, 부모 모두 둘째가 저러는 이유를 전혀 모르겠다고 이야기합니다.

할머니는 계속 대화를 이어나갑니다. 보통은 자녀가 평소와 다르게 행동할 때, 엄마나 아빠 둘 중의 한 명이라도 자녀가 그런 행동을 하는 이유에 대해 추측을 해보거나, 답답해서라도 대화를 시도하여 알아내기 마련이라고요. 할머니는 이 집에서 엄마도, 아빠도 둘째에게 그런 최소한의 관심을 주지 않은 것 같다고 이야기합니다.

이 씨는 아빠인 자기보다 엄마가 직업적으로 훨씬 바쁘고 피곤하게 살고 있으며, 자기도 너무 바빠서 아이 셋에게 관심을 갖기가 어렵다고 이야기했습니다. 엄마도 자기 일이 너무 바빠서 아직 어린 막내 신경 쓰다 보면 둘째에게 신경 쓰는 것을 계속 놓치게 된다고 이야기합니다.

할머니는 생각합니다. 둘째는 예민하고 논리적인 아이이기 때문에 저렇게 입을 닫은 데에는 분명 둘째만의 이유가 있을 것이라고요. 그리고 할머니는 그때, 마법의 손거울을 부모에게 건네줍니다. 그 거울 안으로 1년 전 둘째 아이의 모습이 보였습니다. 둘째가 학교 복도에서 몇 명의 여자아이들에게 괴롭힘을 당하고 있는 모습이었습니다. 둘째는 아무 말 못 하고 머리를 숙이고 있다가 집에 들어옵니다. 집에 와서 한참을 울고 있는데, 중 3 오빠가 저녁밥을 차려

오라며 이것저것 둘째에게 요구합니다. 이어서 둘째는 엄마가 돌아오기 전까지 유치원생인 막내를 보살핍니다. 엄마와 아빠는 저녁 9시가 넘어서 지쳐 들어오고 엄마는 자기 전까지 막내를 돌보고 다른 형제들에겐 별 관심이 없어 보입니다. 둘째는 엄마 아빠 옆을 맴돌다가 조용히 방에 들어갑니다. 어깨가 축 처진 그 모습이 바로 1년 전 둘째 모습이었습니다.

이 씨 부부는 손거울 안의 둘째 모습을 들여다보며 계속 눈물을 흘립니다. 둘째 아이는 부모님 옆에 서서 말을 할 기회를 찾으며 망설였지만, 힘들다는 말을 할 용기가 없었던 것이겠지요. 그렇게 시간이 흘러 둘째 아이의 마음은 굳게 닫혀버린 것입니다.

할머니는 둘째가 지금이라도 부모님이 자신에게 관심을 갖고 힘든 것 없냐며 물어주기 바랄 것이라고 이야기해주었습니다. 자녀가 갑작스럽게 안 하던 행동을 하는 경우, 많은 경우에 있어서 자녀가 자기 자신과 힘든 싸움을 하고 있거나 주변 사람들과 힘든 싸움을 하는 경우라는 것도 함께 말이죠.

이 씨 부부는 둘째를 만나러 달려가고 있습니다. 부부는 너무 늦은 것은 아닐까 염려도 합니다. 다행히, 너무 늦은 것은 아닌 것 같습니다. 울면서 미안하다고 말하며 와락 안아주는 엄마와 아빠에게 둘째는 이미 마음을 열었으니깐요.

상처를 꾹꾹 누르는 사람들에게

누군가로부터 상처받았을 때, 또는 삶에서 힘든 일을 겪었을 때 이에

대처하는 방식은 사람마다 다르기 마련입니다. 마음이 힘들 때 내적인 울분이나 분노를 밖으로 모두 표출하면서 힘든 일에 대처해나가는 사람이 있는가 하면, 힘든 마음을 안으로 꾹꾹 눌러가며 밖으로는 드러내지 않은 채 대처해나가는 사람도 있습니다. 여러분은 어떤 타입 같으세요?

아마도 부부의 둘째 딸은 위의 설명 가운데 후자에 해당하는 것 같습니다. 하지만, 자녀들 대부분이 처음부터 그렇게 힘든 감정들을 꾹꾹 누르진 않습니다. 어쩌면, 기억하지 못한 과거 어느 날 즈음에, 둘째는 힘든 마음이나 힘들었던 상황들을 부모님께 이렇게 저렇게 말했을지도 모릅니다. 하지만, 부모가 너무 바빴거나 그날따라 아이 이야기에 귀 기울여 줄 형편이 안 되었거나, 또는 이런저런 이유로 인해 아이가 꺼낸 이야기들이 자칫 반복적으로 소홀히 다뤄졌다면, 아이들은 점차 부모에게 마음을 닫게 되지요. 그리고 해결되지 못한 마음 안의 부정적 감정들은 그대로 아이 내면에 쌓이게 되고요.

여러분이 힘든 마음을 자기 안에 쌓아놓는 타입이라면, 여러분의 먼

과거에 내 이야기를 편히 꺼내놓을 수 없었던 그럴 만한 여러분만의 상황이 있었을지도 모릅니다. 여러분 안에 쌓여있는 부정적인 감정들은 되도록 자주 발견하여 이를 꺼내어 다뤄주는 것이 좋습니다. 가까운 사람들에게 내 속마음을 표현해도 좋고, 해결해야 할 고민이라면 상담자를 만나서 이야기해도 좋고요.

둘째 역시 그간 혼자서 감당해왔던 힘든 마음을 이제라도 가족들과 나누어야 하겠습니다. 그리고 학교폭력 문제에 대해 부모가 담임 선생님과 상의하여 적극적으로 개입하여 해결해주어야 할 것입니다. 둘째의 상처가 깊다면, 부모님과 함께 심리치료를 받아보는 것도 필요하겠습니다. 그리고 부모님은 표현하지 않는 둘째에게 더 많이 관심 가져 주고, 가정 안에서 둘째가 해야 할 역할을 당분간 조금은 줄여주는 것도 필요해 보입니다.

둘째가 부모님께 마음을 열어서 너무 다행이지요? 부모에게 쉽사리 마음의 문을 열지 않는 자녀들이라 해도, 대부분의 자녀들은 부모가 자신을 바라봐주고 부모가 먼저 자녀에게 다가오기를 바란다는 것을 기억하세요.

"화가 솟구치는 진짜 이유가 있었다"

화가 솟구치는 진짜 이유가 있었다

심 씨는 20대 후반의 직장인 여성입니다. 직장에서 능력을 인정받기 위해 잠도 최소한으로 자면서 노력하지만, 직장 선·후배들에게 수시로 열등감을 가지고 자신을 매우 부족한 사람으로 평가합니다. 자신이 부족하다고 느끼는 순간 심 씨는 마음속 저 깊은 어딘가에서 참을 수 없는 분노가 올라온다고 말합니다.

함께 살고 있는 엄마에게 이런저런 분노를 꺼내놓으면 엄마는 '넌 그런 것 가지고 그렇게까지 화가 나니? 참 별나다, 별나!' 하면서 단 한 번도 자신의 마음을 이해해 준 적이 없습니다. 친구들도 이런 자신을 충분히 이해해주지 못했고, 심 씨가 다소 별나다는 식으로 이야기해줍니다.

할머니와 이야기하다 보니, 심 씨는 자신이 분노감정만 느끼는 것이 아니라, 동시에 수치스러운 감정도 함께 느낀다는 것을 깨달았습니다. 심 씨는 자신이 맡은 일 처리를 만족스럽게 수행하지 못할 때도 화가 치밀어 오르지만, 남들이 뭔가 크게 성취하거나 잘나 보일 때마다 자신이 상대적으로 너무도 못나게 보이면서 너무 수치스러운 감정이 올라온다는 것이었습니다. 바로 그럴 때 심 씨는 폭발적으로 각종 음식을 먹게 되고, 그런 스스로가 한심해 보여서 구토를 하는 등 행동을 반복한다고 말합니다. 심 씨는 겉으로는 화를 내며 살았지만, 사실은 슬픔과 수치스러운 마음이 큰 사람이었던 것입니다.

우리 안의 슬픔과 수치감의 보따리가 큰 사람일수록, 회복에 더 많은 시간이 필요하답니다. 그래도 우리 할머니께는 마법의 열쇠가 있을 것 같지요? 할머니는 마법의 앵무새 한 마리가 들어있는 새장을 건네주었습니다. 집과 회사에서 그 앵무새와 함께 지내보라는 것이었지요. 도대체 어떤 앵무새일까요?

회사에서 심 씨가 또다시 분노를 느끼며 힘들어하는 순간이었습니다. 바로 그때 앵무새가 심 씨에게 말해줍니다.

"심 씨가 화나는 건 당연해! 화나는 건 당연해!"

당연하다는 그 말에 심 씨의 감정이 조금 누그러집니다. 그리고 화가 좀 누그러지니 갑자기 슬픈 감정이 물밀 듯 올라옵니다. 집에서 심 씨가 화가 나서 폭식하려 하는 순간, 또 앵무새가 심 씨에게 말합니다.

"심 씨가 화나는 건 당연해! 화나는 건 당연해!"

심 씨는 분노를 어떻게 표현해야 할지 몰라서 주변에 화를 내고 폭식을 하고 있다는 것을 알았습니다. 이런 내 안의 마음을 앵무새가 인정해주기 시작하니, 비로소 슬픔이라는 자기의 진짜 감정이 나온다는 것을 알게 됩니다. 그리고 폭식은 자기 자신을 처벌했었던 오랜 습관이었다는 것도요. 이제 심 씨는 화가 나는 자신을 처벌하는 대신에 슬프고 안쓰러운 자기 자신을 토닥여주겠노라고 할머니에게 말합니다. 폭식하면서 분노를 표현하는 대신, 다른 방법으로 자신의 마음을 표현해보겠다고 다짐합니다.

분노를 다루는 방법

우리는 욕구가 좌절될 때 슬픔과 상처받은 감정을 경험하고, 그 결과 분노를 느끼게 됩니다. 따라서 분노는 누구나 느끼는 자연스러운 감정이 지요. 어린 시절부터 이러한 분노라는 감정 그 자체를 부모에게 수용 받는 경험을 해왔다면, 분노가 올라올 때마다 그 감정을 자연스럽게 바라보거나 편안하게 표현하겠지요. 하지만, 분노의 감정이 부모로부터 반복적으로 거부되거나 부정되고 심지어 반복적으로 이러한 감정을 무시받은 경우에는 이 자연스러운 감정에 대해 부끄러운 마음, 즉 수치감이 자리 잡게 됩니다. 수치스러워하는 경향이 있는 사람은 사소한 비난이나 별 악의가 없는 말에도 분노를 폭파하게 되고, 분노 이면의 슬픔은 고스란히 남게 됩니다. 주변에서 화를 많이 내는 사람들 상당수가 사실은 심 씨처럼 자신의 슬픔을 공감받지 못해서 내적으로 수치심을 느끼는 힘든 사람이란 것을 아시나요?

이제는 성인으로서 부모가 아닌 스스로가 '괜찮아' 하면서 자신의 분노를 수용하고 안아주어야 하겠지만, 이러한 부정적인 마음을 공감받거나 수용 받아 본 경험이 없었던 사람들은 분노를 조절하는 게 생각처럼 쉽지 않을 수 있답니다.

그럴 때, 상담자 또는 신뢰할 수 있는 가까운 친구를 만나보세요. 그리고, 화가 날 수밖에 없었던 여러분의 힘든 감정을 표현해보면서 공감받고 수용 받으시기 바랍니다. 여러분이 화가 나는 감정이나 상황들에 대해, "넌 화가 날만 했구나. 그럴만했단다"라는 이야기를 들어보세요. 이런 것들이 반복되면, 어느 순간 여러분 스스로가 자신을 위로하고 다독거릴 수 있게 될 것입니다.

슬픔과 상처받은 감정은 '느끼면 안 되는' 것이 아니라, 있는 그대로 이해해주고 수용해주어야 하는 소중한 감정이란 것을 기억하세요.

"중 3 아들이
인터넷에 푹 빠진 이유"

중 3 아들이 인터넷에 푹 빠진 이유

홍 씨는 인터넷 게임에 과몰입하는 중3 아들과 매일 실랑이를 합니다. 참다못한 홍 씨는 부모의 잔소리에도 불구하고 토요일부터 일요일 오전까지 잠을 안 자며 게임을 하는 아들의 컴퓨터를 바닥에 던졌습니다. 아버지가 너무 강압적이라고 느껴오던 아들은 아버지에 대한 적대감이 극대화되었고, 그날 이후 학교에 매일 지각하고 마지못해 억지로 떠밀려서 학교에 나간다는 것입니다.

할머니는 홍 씨의 제안에 따라 아들 경식이를 만나봅니다. 중3인 경식이는 스스로 자신의 인터넷 사용에 문제가 있다는 것을 어느 정도는 인식하고 있었고, 아버지와 어머니에게 미안한 마음도 갖고 있었습니다. 그런데도 경식이가 아버지에게 대드는 이유는 바로 지나치게 강압적인 아버지의 태도 때문이었습니다. 아버지는 경식이의 이야기를 절대 들으려고도 하지 않았고 인터넷을 많이 사용하는 요즘 아이들을 도저히 이해할 수 없었습니다. 또 자기 훈계를 귀담아듣지 않는 경식이가 자신을 무시하는 것 같다고 느껴져서 도저히 견딜 수가 없습니다.

한편, 경식이는 하루에 절대 한 시간도 컴퓨터를 사용하면 안 된다고 하는 아버지를 도저히 말로 설득할 수 없었습니다. 결국, 경식이는 아버지가 가장 싫어할 만한 행동, 즉 인터넷 게임과 학교 지각을 지속적으로 하며 아버지를 힘들게 했고, 아버지는 비난과 잔소리, 컴퓨터 부수기를 하며 경식이를 지치게 한 것입니다. 경식이와 아버지는 엄청난 힘겨루기를 한 것이지요.

여기서 승자는 누구일까요? 경식이일까요? 안타깝게도, 아버지와 경식이 둘 다 이 힘겨루기에서는 서로를 패배자로 느끼고 있습니다. 과연 할머니는 어떤 마법을 써서 이 부자의 고민을 해결할까요?

할머니는 아버지에게 몇 주 동안 특정한 말만 할 수 있도록 만든 입술교정기를 달아주었다나요? 그 교정기를 착용하면, 상대방 이야기에 오로지 '그랬구나!', '미안해.', '고맙다.'라는 세 가지 말만 입에서 흘러나오게 됩니다. 아버지의 반응이 반복될수록, 경식이는 인터넷 게임에만 매달려 있는 스스로가 못났다는 생각이 들지 뭐예요? 경식이는 '인터넷 사용을 좀 줄여볼까?'라는 생각을 하게 되고 이를 아버지에게 표현했습니다. 그랬더니 아버지는 경식이에게 또다시 '그 랬구나, 고맙다!'라고 말하지 뭐예요? 경식이는 조금씩, 조금씩, 스 스로 인터넷을 조절하고자 노력했습니다. 물론 경식이의 인터넷 이 용 습관이 단숨에 조절되진 않았지만, 경식이는 아버지의 강요 때 문이 아니라 이제는 스스로 조절하려고 노력하고 있습니다.

아버지는 그동안 일방적으로 경식이에게 엄청난 잔소리와 훈계 만 해왔던 것에 대해 미안한 마음이 듭니다. 이제는 경식이와 어떻 게 대화하면 되는지 아버지는 조금 알 것 같습니다. 그리고 경식이 는 아버지에 대한 반감 때문에 과도하게 인터넷을 사용하고 학교 공부까지도 놓으려 했던 자기 자신이 조금은 부끄러워집니다.

할머니는 아버지와 아들이 서로를 바라보며 대화 나누는 모습을 보면서 흐뭇하게 웃습니다.

부모와 자녀의 힘겨루기

인터넷 중독은 그 자체로 큰 사회문제가 되며 인터넷 중독에 빠진 아이가 원 상태로 회복하는 데에 너무 많은 시간과 에너지가 필요하기에 사전에 인터넷 중독을 예방하려는 노력이 필요할 것입니다. 이를 위해 부모의 적극적 관심이나 훈계가 필요하지만, 가끔은 그 정도가 지나쳐서 부모-

자녀 간 갈등을 초래하는 경우가 흔합니다.

인터넷을 지나치게 사용하는 아들에 대한 아버지의 마음은 아마도 '걱정과 염려'였겠지요? 하지만 아버지가 표현한 거친 방식이 아들에게 그대로 전달되긴 어려워 보입니다. 아버지는 자신의 바람을 아들에게 지나치게 '극단적으로 강하게' 표현했기 때문입니다.

자녀 훈육에 어려움을 느끼는 부모님들이 흔히 하는 말 가운데 하나가, '이 아이는 조용히 친절하게 이야기하면 도무지 말을 안 듣는다'라는 것입니다. 부모님이 나지막한 목소리로 따뜻하게 훈육할 때 자녀들이 부모 지시를 안 따를까요? 대부분은 부모 자신도 모르는 사이에, 자신에게 고분고분하지 않은 자녀에 대한 훈육 방식이 점점 더 거칠어졌을 가능성이 큽니다. 그리고 급기야는 이렇게 컴퓨터를 바닥에 던지는 사태까지 일어나게 되지요.

자녀의 불응에 대해 부모가 '힘'으로 똑같이 대응하면 문제는 절대 해결되지 않습니다. 적어도 어느 한 사람이 먼저 '힘' 대결을 포기해야 하고, 그

한사람이 먼저 부모여야 할 것입니다. 아들 경식이는 아버지가 강압적으로 대처해야만 인터넷 사용을 조절할 수 있는 그런 심각한 상태가 아니었습니다. 경식이는 귀가 닫혀있는 아버지와 어떤 소통도 어렵다고 느꼈기 때문에 오히려 화를 내고 있던 것이지요.

여러분도 이 아버지처럼 상대방의 이야기에 진심으로 귀 기울여 경청하고 싶을 때, 마음 대 마음의 대화를 하고 싶을 때, 이 말을 꼭 기억하세요.

"그랬구나, 미안해, 고맙다."

열세 번째 사람

"단 한 번이라도
친할머니를 만날 수 있다면"

단 한 번이라도 친할머니를 만날 수 있다면

김 양은 대학 휴학 중인 여학생입니다. 진로 준비를 핑계로 휴학하긴 했지만 김 양은 명확한 진로 방향을 아직 결정하지 못했습니다. 사실 김 양은 2년 전에 친할머니가 돌아가시고 난 후부터 학업도 진로도 그 어떤 것도 큰 의미가 없게 느껴졌습니다.

할머니는 김 양에게 있어서 친할머니가 어떤 존재인지, 어떤 의미인지에 관해 물었습니다. 김 양의 부모는 김 양이 초등학교 4학년 때 이혼을 했습니다. 김 양은 아빠와 함께 살았지만, 아빠는 거의 얼굴도 보기 힘든 사람이었고 김 양에게 있어서 친할머니는 사실상 엄마와 같았습니다. 엄마는 일 년에 한두 번 김 양을 만나러 동네에 오곤 했습니다. 하지만 중학교 시절 엄마를 만났을 때 엄마는 재혼한다는 소식을 알려주었고, 그때 이후로 김 양은 왠지 엄마를 자주 만나면 안 될 것 같다는 생각이 들었습니다. 김 양은 엄마에 대한 서운함이나 그리움을 애써 외면하려고 노력했고, 그저 열심히 공부했습니다. 그래서 김 양은 엄마에 대해 밀려드는 서운함, 슬픔을 모두 친할머니에게 풀었던 것 같습니다. 살면서 친할머니께 짜증내고 투정부렸던 일들만 생각난다며 오열합니다. 친할머니는 철없던 투정을 모두 받아주며 말없이 밥을 챙겨주었다고 했습니다. 지금 생각해보면, 친할머니 덕에 김 양은 격했던 사춘기도 무난하게 보냈던 것 같다고요.

그런 친할머니가 2년 전 폐렴으로 급작스럽게 돌아가셨습니다. 입원한 지 며칠 후 갑자기 위독하다는 소식을 듣고 병원에 달려갔지만, 이미 친할머니는 돌아가신 이후였습니다. 처음에는 죽음이 뭔지 실감이 나지 않았고, 일상을 그런대로 지냈다고 했습니다. 시간이 지나면 지날수록 김 양은 매사에 의욕이 떨어졌고, 혼자 있는 시간이면 친할머니께 잘해드리지 못했던 에피소드가 하나하나 떠올랐습니다. 그런 생각에 사로잡힐 때마다 죄책감과 슬픔에 밤을 새운 적이 한두 번이 아니었습니다. '자책 그만하고 취업해야 하는데….' 혼자 아무리 마음먹어도, 친할머니에 대한 생각이 줄어들질 않았습니다. 그리고 그즈음 1년간 만나던 남자친구와도 헤어졌고요. 할머니는 김 양의 이야기를 들으며 함께 눈물을 흘렸습니다.

김 양은 현재 친할머니를 잃은 상실감으로 매우 아파하고 있고,

그 슬픔을 충분하게 애도하지 못한 것입니다. 김 양은 보통사람들보다 훨씬 많은 슬픔과 상실을 경험한 것 같습니다. 김 양이 선택한 것이 아님에도 받아들일 수밖에 없던 부모님의 이혼, 엄마와의 이별, 부모께 돌봄 받지 못한 상처, 그리고 친할머니의 죽음에 이르기까지요.

할머니는 친할머니가 계신 먼 별나라에 잠시 다녀오자고 김 양에게 제안합니다. 김 양은 믿을 수 없다는 듯 잠시 고개를 갸우뚱했지만, 돌아가신 친할머니를 단 한 번이라도 만날 수 있다면 그것이 꿈이어도 좋다고 생각합니다. 할머니는 김 양의 손을 잡고서 함께 왼쪽으로 빠르게 세 바퀴를 돕니다. 김 양이 눈을 뜨니 친할머니가 벤치에 편안하게 앉아서 이리 오라며 손짓합니다.

김 양은 친할머니에게 달려가서 안깁니다. 그리고 할머니에게 미안했다고, 너무 고마웠다고, 할머니는 자기의 가장 좋은 친구였다고 울면서 말합니다. 친할머니는 김 양을 토닥여줍니다. 마지막에 친할머니가 김 양에게 인사도 못 하고 떠나와서, 그리고 엄마 없는 네게 더 잘해주지 못해서 할머니도 항상 미안해했다고 말합니다. 그리고 친할머니에게도 김 양은 너무 좋은 친구였고, 미안할 것 하나 없다고 말합니다. 어느새 시간은 한밤중이 되었고, 하늘에서 눈이 내립니다. 가로등은 둘을 비춰주고 있고, 눈은 소복이 쌓여가네요.

다시 돌아온 김 양은 행복한 할머니께 말합니다. 이제 본인의 인생은 최대한 자기 자신이 결정할 거라고요. 어쩔 수 없이 따라가는 그런 인생은 이제 그만 살고 진로 고민도, 남은 대학 공부도 스스로 결정해서 천천히 시작해 보겠다고 하네요. 그 말을 하는 김 양의 표정이 이미 환해져 있었습니다. 그리고 친할머니를 만나게 해주어서 너무도 고마웠다고 말합니다. 김 양은 먼 별나라에서 친할머니와 약속을 하고 왔다고 말했습니다. 무슨 약속인지는 할머니께 말해주지 않네요.

괜히 궁금해지는 할머니. 그래도 괜찮습니다. 그건 김 양이 선택한 것이니깐요.

슬픔과 상실을 다루는 방법에 대하여

슬픔과 상실은 살아가면서 어쩔 수 없이 맞닥뜨릴 수밖에 없는 감정입니다. 상실을 겪을 때 사람에 따라서 충격과 슬픔, 두려움, 죄책감, 분노 등을 다양하게 경험하게 됩니다. 그리고 어떤 사람들은 과도한 죄책감이나 자기 비난으로 상실 후에 일상생활 적응에도 큰 어려움을 겪게 된답니다.

애도(mourning)란 가까운 사람의 죽음이나 헤어짐과 같은 상실경험이후에 이에 대처해가는 일련의 과정을 일컫습니다(Worden, 2018). 즉, 사랑하는 사람을 잃고 난 바로 며칠 후에 아무 일이 없다는 듯 일상에 적응하고 괜찮아지는 것이 아니라, 일상에 적응하면서 자신의 삶을 다시 살아가는 데에 몇 가지 단계가 필요하다는 것입니다. 이 단계에서 중요한 과정 중의 하나가 정서적으로 충분히 슬퍼하기입니다.

김 양은 할머니의 죽음뿐 아니라 엄마와의 이별 등 너무도 많은 상실을 경험했지만, 그동안 애도를 제대로 한 적이 없었던 것입니다. 김 양의 상실경험이 겹겹이 쌓여갈수록, 김 양의 슬픔과 우울감이 내면에 누적되어왔을 것입니다. 그리고 어느 순간 학업도 진로도 손 델 수 없는 지경에 이른 것이지요.

김 양은 먼 별나라에서 할머니를 만나 충분히 슬퍼하면서 그간 눌러왔던 마음을 맘껏 표현하며 애도했습니다. 할머니에 대한 죄책감, 미안함, 슬픔 등 온갖 감정을 충분히 표현하고 슬퍼해야만 다시 일상으로 서서히 돌아올 수 있는 것입니다. 이제 김 양은 자기 마음의 깊숙한 저편에 할머니의 자리를 만들고서, 다시 일상을 건강하게 살 수 있을 것 같습니다.

열네 번째 사람

"이제
세상 밖으로 나가기로 했다"

이제 세상 밖으로 나가기로 했다

할머니는 또다시 행복을 나누어주러 먼 길을 떠나는데요. 할머니가 만날 사람은 누구일까요?

허 씨는 올해 32살 여성으로, 낯선 사람들을 만나는 것을 극도로 불편해합니다. 3년 전까지는 하루에 4시간씩 아르바이트도 하며 사회생활을 하였지만, 그때 이후로 사람들과 어울려 이야기하는 자신의 모습이 너무도 낯설고 힘겨워서 감히 사회생활을 시도하지 못합니다. 그런 자신이 못나 보이면서도 이런 모습에 꽤 적응한 탓인지 사람들과 어울리기 위해 노력하거나 그렇게 마음먹는 것이 두렵습니다.

할머니는 허 씨가 사람들을 불편해했던 것이 언제부터였는지 묻습니다. 허 씨는 아주 어릴 때부터였던 것 같다고 대답했습니다. 어릴 때 허 씨의 부모님은 서로 자주 싸우셨고, 어머니는 아버지와 닮았다는 이유로 허 씨를 유독 미워했다고 합니다. 허 씨가 잘못하면 밥을 주지 않고 굶기기가 일쑤였고, 욕하고 때리는 게 다반사였습니다. 두 살 많은 오빠는 그런 허 씨에게 전혀 눈길조차도 주지 않았습니다. 허 씨의 어린 시절은 신체적·언어적 학대로 얼룩진 시간이었던 것입니다.

허 씨는 가정에서나 학교에서나 늘 우울했다고 말합니다. 늘 위축되고 사회성도 다소 부족했던 탓에 학교에서는 친구도 거의 없었습니다. 그러던 어느 날, 학교에서 강해 보이는 친구 몇 명에게 폭행을 당했고, 그때부터 학교에 나가는 것에 극도의 공포감을 경험했습니다. 가족이나 선생님 그 누구에게도 그런 자신의 어려움을 털어놓지 못한 채, 힘들어하다가 결국, 고등학교를 자퇴했습니다.

할머니는 이런 환경에서도 이렇게 지금까지 버텨온 허 씨가 참 대단하다고 말해주었습니다. 허 씨는 '가정학대'와 '학교폭력'과 같은 엄청난 트라우마를 몇 번이나 경험한 것입니다.

"허 씨와 같은 상황에 처했을 때, 우울감과 대인공포감을 경험하지 않을 사람이 누가 있겠어요."

할머니는 허 씨에게 이야기했습니다. 허 씨는 계속 머리를 숙이고 있습니다. 허 씨는 마음의 상처가 너무도 깊고 오랜 기간 우울감이 있었기 때문에 단 한 번의 마법으로 이 상처가 회복되진 않겠지요. 그래도 할머니는 허 씨에게 있어서 '변화를 위한 도전'은 아주 중요한 첫걸음이라고 생각했습니다.

할머니는 허 씨의 손을 잡고서 할머니가 안내하는 마법의 나무에 갔습니다. 그 나무의 문을 열고 할머니와 허 씨가 함께 들어갑니다. 문 안의 세상은 어떤 곳일까요? 이곳은 상처받은 사람들의 천국이라네요? 상처받은 사람들의 마음과 몸을 돌보아주는 나라라는 것이죠. 이곳에서는 마법의 힘으로 더 쉽게 마음을 꺼내놓고 표현할 수 있고, 곳곳에 어깨 등을 안마해주고 긴장을 이완시켜주는 분들이 계시네요. 맛있는 음식과 편안한 음악은 물론이고요.

허 씨와 할머니는 제일 먼저 가상의 엄마를 찾아갔습니다. 허 씨는 엄마에게 마음속 상처를 모두 꺼내놓습니다. 어릴 적부터 지금까지의 갖가지 상처들에 대해서요. 가상의 엄마는 허 씨에게 그동안 너무 미안했노라고, 엄마 마음이 건강치 못해서 네게 큰 상처를 주었다며 말해줍니다. 허 씨는 떨리는 몸과 목소리로 한참을 흐느껴 울었습니다. 이어서 고등학교 시절 허 씨를 괴롭혔던 가상의 친구들을 찾아갔습니다. 신기하게도 이곳에서는 전혀 불편함 없이 말이 술술 잘 나옵니다. 허 씨는 하고 싶은 마음속 이야기를 다 쏟아냅니다. 그리고 그 친구들을 향해 소리도 질렀습니다. 가슴이 후련해지는 것을 느꼈습니다.

어느새, 해가 지고, 할머니와 허 씨는 마법의 나무 밖으로 나왔습니다. 허 씨는 자신이 경험한 것들이 전혀 믿기지 않는 듯 멍하게 서 있었습니다. 하지만, 그 경험이 너무도 생생하게 남아있었습니다.

마법의 나무 안 세상에서의 경험은 허 씨에게 중요한 계기가 되었습니다. 허 씨는 다시 세상으로 나가볼 용기가 생겼다고 할머니에게 말했습니다. 할머니는 허 씨가 병원에 가서 약물치료를 하면서 사회에 나가는 연습을 하면 훨씬 더 좋을 것 같다고 말해주었습니다. 허 씨는 그렇게 하겠다고 약속합니다. 허 씨는 병원에 다니면서, 조금씩 사람들을 피하지 않고 마주하는 연습을 했습니다. 그렇게 다시 아르바이트를 시작할 수 있었고, 얼마 전부터는 남자친구도 생겼다네요. 이런 허 씨에게 어느 날 할머니가 응원의 편지도 보내 주었다나요.

외상(트라우마) 극복 첫걸음

외상(trauma)이란 사람들이 평소에는 잘 경험하지 않는 정도의 극심한 스트레스를 유발할 수 있는, 생명과 인간의 존엄성에 위협을 주는 사건을 일컫습니다(권정혜 외, 2014). 허 씨가 경험한 가정에서의 신체적, 정서적 학대나 학교폭력은 분명한 외상일 것입니다. 그리고 이러한 외상을 경험한 개인은 외상의 사건이 계속적으로 개인의 일상에 파고들어 직·간접적으로 영향을 주게 됩니다. 악몽이나 과도한 각성, 극심한 우울증이나 불안감, 공포감 등이 그것이지요. 그리고 외상경험을 해결하지 못할 경우 개인의 삶에 크나큰 위기를 가져올 수도 있습니다. 허 씨의 경우처럼, 우울감과 대인 공포감을 크게 느끼면서 점차 세상과 단절된 채 고립되어 갈 수도 있지요.

외상을 경험한 사람에게는 더욱더 따뜻하고 수용적인 태도가 필요합니다. 이들은 세상과 단절하고 싶을 만큼의 힘든 상처를 겪었으니깐요. 지지적인 태도로 손을 내어주면서, 이들이 서서히 마음을 열 수 있도록 도와주어야 할 것입니다.

허 씨는 용기를 내어 마법의 나무 안으로 들어갔고, 그 안에서 자신이 경험했던 사건과는 전혀 다른 경험들을 했습니다. 따뜻한 분위기의 안전한 나무 안에서 허 씨는 자신에게 상처를 주었던 과거의 사람들에게 목소리를 낼 수 있게 됩니다. 마음속에 맺혀있던 응어리들을 쏟아내면서 쌓여있던 슬픔과 분노도 함께 풀어냅니다.

외상을 극복하는 데에는 좀 더 많은 시간이 필요할 것입니다. 하지만, 변화를 위해 내딛는 '첫걸음'은 무엇보다도 소중할 것 같습니다. 마음을 먹은 후 비로소 시작을 하기까지가 가장 힘든 것이니깐요. 세상으로 나가길 선택한 허 씨를 진정으로 응원해주고 싶습니다.

인생에 마법의 주문을 걸어보세요

이제 할머니는 약속한 열네 명을 모두 만났습니다. 할머니는 이 열네 명과의 만남이 무척 소중하게 느껴졌습니다. 이 모든 고민이 그들의 고민만이 아닌, 우리들의 고민과도 맞닿아있기 때문이지요.

여기서 신기한 일이 뭔지 아세요? 할머니가 만난 열네 명 모두는 스스로 자기 인생의 마법사가 되었다는 것이지요! 이들 모두는 자신이 원할 때마다 마법을 부린다나요?

유 사장은 말이 많아질 때마다 때때로 수월하게 지난 과거를 돌아보고 있고, 결함에 집착하는 이 군은 아직도 사람들 머리 위에 떠다니는 빨간색 파란색 구슬이 보인다네요. 자기 욕구보다도 늘 타인의 욕구에 맞추어 살던 최 양은 마법의 보청기 없이도 자기와 타인에게서 내면의 목소리가 들린다 하네요. 마법의 입술교정기를 달아야만 자녀와 대화를 할 수 있었던 홍 씨도 이제는 교정기 없이도 아들 경식이와 수다 떨 수 있고요. 허 씨는 마법의 나무 안으로 들어가지 않고도, 이제는 엄마에게 화도 낼 수 있고 사람들을 피하지 않고 지내고 있지요.

문득 자존감이 낮아져서 인생에 마법의 주문을 걸고 싶은 일이 있을 때, 행복한 할머니를 만나는 상상을 하세요. 바로 그 순간, 행복한 할머니가 여러분 앞에 쓱 나타날 거예요.

할머니는 즐거운 마음으로 숲속을 걷습니다. 푹 쉬어야 다시 마법을 충전해서 우리에게 돌아올 수 있으니까요.

이제 세상 밖으로 나가기로 했다

펴낸날 2022년 01월 01일
2쇄 펴낸날 2024년 09월 25일

지은이 하정희
펴낸이 주계수 | **편집책임** 이슬기 | **꾸민이** 김소은

펴낸곳 밥북 | **출판등록** 제 2014-000085 호
주소 서울시 마포구 양화로 156 LG팰리스빌딩 917호
전화 02-6925-0370 | **팩스** 02-6925-0380
홈페이지 www.bobbook.co.kr | **이메일** bobbook@hanmail.net

© 하정희, 2022.
ISBN 979-11-5858-841-0 (03810)